내
인생의
그녀

MY KIND OF GIRL
by Buddhadeva Bose

이 도서의 국립중앙도서관 출판시도서목록(CIP)은
서지정보유통지원시스템 홈페이지(http://seoji.nl.go.kr)와
국가자료공동목록시스템(http://www.nl.go.kr/kolisnet)에서 이용하실 수 있습니다.
(CIP제어번호 : CIP2014006929)

내 인생의 그녀

부다데바 보스 장편소설
김현우 옮김

My Kind of Girl

문학동네

1

　살을 에는 듯 추운 12월의 어느 밤. 네 명의 승객이 툰들라 역 일등석 대합실에 말없이 앉아 있었다. 모두 코트를 입고 머리부터 발끝까지 꽁꽁 싸맸다. 하지만 철도회사의 규정대로 지은 살풍경하고 무미건조한 대합실의 흐릿한 조명 아래서도 그들이 제각기 매우 다르다는 것을, 사회의 서로 다른 모퉁이에 살다가 어쩌다 한자리에 모였다는 것을 알 수 있었다.

　안락의자에 앉은 남자는 몸집이 어마어마하게—거의 망측할 정도로—건장해 거대한 야수를 떠올리게 했다. 열여섯 살 때 벌써 맞는 옷과 신발이 없어서 부모를 놀라게 했을 것 같았다. 얼굴도 거의 잭프루트만큼 크고 길쭉하고, 넓은 볼에는—아마 추위 때문에 모공 주위가 도도록해져서일 텐데—이튿날 아침 깎

아야 할 수염이 살짝 돋아나 푸르스름한 점처럼 보였다.

두번째 남자는 몸매가 좋고 호감 가는 모습이었다. 말쑥하고 단정한 서양식 차림은 모자와 지팡이, 장갑까지 갖춰 흠잡을 데 없었다. 둥그렇고 통통한 얼굴은 진중해 보이고 그림자처럼 짙은 피부색 덕분에 잘생긴 얼굴이 더욱 돋보였다. 숱이 많고 새카만 머리는 군데군데 희끗희끗했다. 두껍지도 얇지도 않은 입술은 윤곽이 뚜렷해 굳이 말을 하지 않아도 권위가 느껴지는 것 같았다. 누구나 그를 보면 규칙적이고 예측 가능한 생활을 하며 절대 법을 어기지 않고 목소리를 높이는 일도 결코 없는 사람이라는 인상을 받을 것이다.

의자에 우아하게 다리를 꼬고 앉은 그 남자에게서 풍기는 자연스러운 권위, 위엄, 그 근엄한 분위기는 세번째 남자에게서도 그대로 느껴졌다. 이 남자는 살집이 좀더 있고 예스러운 차림새에서 귀티가 났다. 앞가르마와 불그스레한 볼, 멋진 콧수염도 완벽하게 어울렸다.

하지만 네번째 남자, 이 남자는 그 모든 우아함과는 정반대되는 모습이었다. 호리호리한 그는 안락의자 하나가 비었는데도 한쪽 구석에 앉아 다른 의자에 발을 올려놓고 있었다. 뒤로 기대앉은 모습이 편해 보이지는 않았다. 계속 몸을 뒤척이고 있지만 편안한 자세를 찾지 못하는 것 같았고, 이따금 눈을 감을 때도 이마에 주름이 잡혔다. 뭔가 중요한 것이 떠올랐거나 이것저것 생각하는 게 습관인 것 같았다. 첫인상은 꽤 젊어 보여 네 남자 중 가장 어린 것 같기도 하지만, 불빛에 하관이 드러나면 더는 젊은이로 오인할 일은 없었다.

네 여행자는 그날 이미 마주친 적이 있었다. 타지마할의 정원에서, 시칸드라의 계단에서, 그리고 아그라를 떠날 때도 마주쳤다. 기차에서도 같은 칸에 타 이런저런 이야기를 나누었다. 덩치가 좋은 남자는 건축가였다. 정부 공사를 따내기 위해 델리에 갔다가 돌아오는 길에 아그라에 들렀고 바라나시에도 가보고 싶다고 했다. 나이가 지긋한 두번째 남자는 델리에 사는 신망 있는 관료였다. 현재는 군대 고위직에 있는데 중요한 공무로 알라하바드에 가는 길이었고 그 일을 마치면 러크나우의 병영으로 가야 한다고 했다. 세번째 남자는 콜카타의 유명한 의사인 다르 박사였다. 델리에서 열린 의학 학회에서 디프테리아에 대한 강연을 마치고 환자들을 보러 돌아가는 길이었다. 네번째 남자는 그냥 휴가중인데, 콜카타로 곧장 돌아갈지 아니면 한군데쯤 더 들를지 정하지 못했다고 했다. 직업은 분명치 않았다. 책을 쓴다고 했지만 그것도 직업이라고 할 수 있을까? 그래도 책과 관련된 일을 하는 건 분명해 보였다. 이야기를 마치고 그가 펼쳐든 두꺼운 책은 모양이나 표지로 보건대—나머지 셋은 그렇게 느꼈다—

기차에서 가볍게 읽기에 적당한 종류는 아니었다. 도대체 읽을 만한 책인지가 의심스러웠다.

툰들라에 도착했을 때 나쁜 소식이 들렸다. 알리가르 근처에서 화물열차가 탈선하는 바람에 기차가 다닐 수 없게 된 것이다. 얼마 동안? 선로를 정리하려면 적어도 네다섯 시간은 걸릴 거라고 했다. 그러면 오늘밤엔 기차를 타기 힘들다는 이야기인가? 불가능해 보였다. 중요한 일이 있는 관료는 항공편까지 알아봤다—첫 비행기는 아그라에서 아홉시 삼십분에 떴고, 아그라까지는 기차를 타면 금방 돌아갈 수 있었다. 의사는 상황을 차분하게 받아들이려고 애썼지만 건축가는 연신 숨을 몰아쉬며 투덜거렸다. "이렇게 추운데…… 하필 이럴 때!" 하지만 덩치를 보나 입고 있는 옷을 보나 남자는 기온이 뚝 떨어져도 걱정할 일은 없을 것 같았다. 하지만 독서가, 마른 몸매의 그 남자는 정말로 추운 모양이었다. 손을 비비며 왔다갔다하던 그는 나머지 세 남자를 돌아보며 여기서 밤을 보내는 수밖에 없겠다고 굳이 필요도 없는 말을 했다.

막 짐을 놓고 자리를 잡은 네 남자는 아무도 말이 없었다. 모두 자신이 처한 곤란한 상황을 되새길 뿐이었다. 일 분도 길게 느껴지는 그들 앞에 긴 겨울밤이 기다리고 있었다.

건축가가 의자에 앉은 채 몸을 틀며 물었다. "지금 몇시나 됐습니까?" 본인도 시계를 차고 있었지만 귀찮았거나 다른 남자들과 이야기를 나눠보려고 입을 연 것이다.

관료가 대답했다. "열두시 삼십오분입니다."

삼십오분, 기차에서 내려 어찌어찌 삼십 분은 죽인 셈이다! 건축가가 또 질문을 던졌다.

"침구가 있을까요?"

"바닥에서 자려고요?" 누군가 반신반의하며 되물었다.

건축가는 자신은 그래도 상관없는데 다른 사람들은 기준이 높은가보다 생각하며 다시 물었다.

"역에 숙소도 없을까요?"

"없다는군요."

그런 짧은 대답을 듣고 나면 대화를 계속 끌고 가기 어려운 게 보통이지만, 덩치가 좋은 사람들은 대개 사교적이고 붙임성도 좋게 마련이었다. 건축가는 안락의자에 몸을 묻고 말을 이어갔다.

"그래도 여기는 의자라도 있지, 다른 승객들은 어떻겠습니까."

아무도 동조하지 않았지만 그 말을 기다리기라도 했다는 듯 대합실 미닫이문이 열리고 순식간에 차가운 공기가 실내를 채웠다. 네 남자는, 불쌍한 몰골로 비스듬히 기대앉아 눈을 감고 있던 독서가마저 문 쪽을 돌아보았다.

뚫어져라 보는 네 남자의 시선에 문을 연 주인공들은 순간 멈칫했다. 한 쌍의 연인이었다. 살짝 열린 문 뒤에 선 젊은 남자는 제대로 보이지는 않았지만 얼굴은 추위 때문에 텄고, 집에서 짠 것 같은 갈색 스웨터에 싸구려 바지 차림인 듯했다. 여자는 남자 옆에 푹 안겨 있어 더더욱 잘 보이지 않았다. 그저 새카만 머리와 자랑스레 그린 주황색 선,* 젊은 여성 특유의 부드러운 목선과 조명을 받아 희게 빛나는 볼만 눈에 들어왔다. 두 사람은 그 자리에 잠시 서서 무슨 말인가 속삭이고는 돌아서서 가버렸지만, 그것만으로도 추운 대합실에 따뜻한 기운을 불어넣은 듯했다. 신혼부부임이 틀림없었다. 결혼한 지 몇 달, 어쩌면 일 년 정도 됐을 수 있겠지만, 아직 서로에게 푹 빠져 있었다. 짧은 순간 문가에 서서, 어쩌면 혼잣말이었을지도 모르는 다정한 말들을 속삭이다 떠나간 그들. 그뿐이었는데도 대합실 안의 중년 남자들은 두 사람이 천국 같은 시절을 살고 있음을, 서로만 있다면 그 무엇도, 그 누구도 필요하지 않은 사이임을 분명히 알 수 있었다.

다시 문이 닫히자 남은 것은 무심하고 쓸쓸한 대합실과 기차가 오지 않아 심란한데다가 편히 쉬지도, 잠들지도 못하는 네 명의 중년 남자뿐이었다.

---

* 인도에서는 여자가 결혼을 하면 이마 윗부분에 주황색 선을 그렸다.

이번에도 말문을 연 건 뚱뚱하고 사교성 좋은 남자였다.

"왜 그냥 갔을까요?"

"일등석 승객처럼 보이지는 않던데요." 의사가 말했다.

"그래서만은 아닌 것 같습니다." 독서가가 구석에서 이맛살을 찌푸린 채 말했다. 대합실에 들어온 후로 처음 하는 말이었다. "그래서가 아닙니다. 두 사람은 우리를 보고 돌아간 겁니다."

관료의 부드러운 얼굴에 희미한 미소가 떠올랐다. "무슨 말씀인지 알겠습니다. 신혼여행이군요. 사랑에 빠진 거죠. 뭐, 그래도 오늘밤만큼은 저 친구들도 행복하진 않겠군요."

"아닐걸요." 독서가가 무심하게 대답했다. "둘만 있을 수 있는 안락하고 은밀한 곳을 찾아서 즐거운 시간을 보내겠죠. 다른 건 다 필요 없고, 그저 둘만 있을 수 있으면 되겠죠."

"정말 좋을 때 아닙니까!" 관료는 그렇게 탄식하고는 이내 표정이 무거워졌다. 뭔가 다른 생각에 빠져 담뱃갑을 열었다.

건축가가 한숨을 쉬었다. "진짜 너무 추운데요!" 잠시 후에는 구석에 있는 마른 남자를 돌아보며 덧붙였다. "은밀하고 자시고 간에, 저 친구들 춥지 않을까요? 들어오라고 해야 했던 거 아닌가?"

"그랬어도 안 들어왔을 겁니다."

의사가 미소를 지으며 말했다. "그렇다면 결혼선물로 우리가……"

"대합실을 저 친구들한테 내주자고요?" 마른 독서가가 자리
에서 일어났다. 쇠꼬챙이처럼 깡말랐지만 한편으로는 단단한 노
동자 같은 몸이었다. 수줍은 눈을 쉴새없이 굴리는 새처럼 이리
저리 두리번거리면서도 다른 사람을 똑바로 쳐다보는 일이 없었
다. 그는 말없이 문으로 다가갔다가 다시 와서는 가장 가까운 의
자에 앉았다.

"우리가 신혼부부 걱정을 너무 많이 하는 것 같습니다." 델리
남자가 다른 사람들에게 담배를 권하며 말했다.

"저는 괜찮습니다." 의사가 말했다.

나머지 세 남자가 담배에 불을 붙이고, 잠시 연기에 묻혀 있었
다. 잠시 후 다시 문이 열렸고, 남자들은 그쪽을 돌아보았다. 제
복을 입은 남자가 들어와 간이식당이 곧 문을 닫을 거라며 필요
한 게 없는지 물었다.

다른 사람들을 둘러보며 한 번 확인하고서 관료가 말했다. "커
피 부탁합니다."

다시 침묵이 내려앉았다. 그전에는 내내 밖에서 사람들의 발
소리와 고함소리가 들려왔다. 미처 몰랐지만, 바깥의 소음이 가
라앉자 사방이 너무 고요했다. 그렇게 큰 역치고는 부자연스러
울 정도였다. 이제 다른 승객들도 각자 능력껏 어디엔가 밤을 보

낼 자리를 잡은 모양이고, 조금 전 그 부부도 분명 있을 곳을 찾
았을 테니 대합실을 다시 찾지는 않을 것이었다. 선로가 끊겼으
니, 그날 밤에는 기차도 도착하지 않고 벨도 울리지 않을 것이었
다. 짐꾼이든 잡상인이든 담배 장수든, 귀찮게 하는 사람도 더
는 없을 것이었다. 너무 추웠다. 대합실의 흐릿한 조명 아래, 서
로 잘 알지도 못하는 네 남자의 곁에는 푸른 담배 연기뿐이었다.
바깥세상은 완전히 지워져버린 것 같았고, 그들은 안락해 보이
지 않는 불편한 섬에 자리를 잡은 듯했다. 이제 서로가 낯설지만
은 않았다. 어쩌면 모두 같은 생각을 하고 있을지도 모른다는 느
낌마저 들었다. 그 부부, 문틈으로 모습만 잠깐 비치고 사라져버
렸지만, 그 신혼부부가 남기고 간 무언가가 있었다. 마치 청춘의
새가 날아가며 떨군 몇 개의 깃털처럼 어떤 신호, 따뜻함, 기쁨,
슬픔, 혹은 설렘이 사라지기를 거부하고 있었다. 그 무언가를 가
지고—비록 아무도 입 밖에 꺼내지 않고 속으로만 생각하고 있
었지만—그 끔찍한 밤을 견딜 수도 있을 것 같았다.

　의사가 불쑥 입을 열었다. "어쩌면 우리가 너무 무례했는지도
모르겠습니다."

　"아직도 그 부부 생각이십니까?" 델리 남자는 웃었지만 말하
는 태도를 보면 분명 그도 그들을 잊지 못한 것이 분명했다.

　"저는 뭐랄까, 좀 다른 생각을 하고 있었습니다. 저 친구들에

게 저런 행복이 얼마나 지속될까, 궁금하군요."

델리 남자가 이번에는 크게 웃음을 터뜨렸다. "그게 궁금해할 거리나 된답니까? 우리 모두 알고 있잖습니까."

"시간이 흐르면 모두 알게 되죠." 여읜 얼굴의 독서가가 말했다. "하지만 저 당시에는 아무도 모르는 거 아닙니까. 저런 행복은 너무나 짧다는 걸 저 두 친구가 상상이라도 할까요? 지금처럼 지내는 시간은 그리 오래가지 않는다고 상상이나 하겠습니까? 바로 그 점이 이 경이로운 환상 중에서도 가장 경이로운 부분이 겠죠."

"경이로운 환상이라! 정확한 표현입니다!" 건축가가 맞다는 듯이 고개를 끄덕였다.

커피가 왔다.

"그럼 모든 게 환상일 뿐일까요?" 그렇게 말하는 건축가의 큰 얼굴에 근심스러운 그늘이 드리웠다.

"적어도 이 커피는 환상이 아니죠. 담배 연기도 손에 잡힐 듯하고요. 설탕 드릴까요?" 기품 있는 의사가 부지런히 움직이며 커피를 따랐다.

호기심이 발동한 건축가는 이제 가만히 앉아 있을 수가 없는지 안락의자에서 일어나 다른 두 사람 곁으로 자리를 옮겨 의자를 바싹 당겨 앉았다. 그러고는 탁자에 손을 짚고 몸을 앞으로 내밀고 독서가에게 물었다. "모든 게 환상일 뿐일까요? 아무것도 남지 않는다고요? 선생님은 작가시니까, 한말씀해주시죠."

독서가는 작가라는 말에 살짝 어색해하는 것 같았지만 지체 없이 대답했다.

"기억은 남겠죠. 결국엔 기억만 남는 겁니다. 다른 건 없어요."

"그럼 기억은 얼마나 가치가 있는 걸까요?"

"전혀 없죠!" 델리 남자가 밝은 목소리로 대답했다. "일에 방해가 되고, 시간을 잡아먹고, 사람을 슬프게 할 뿐입니다. 자, 커피 한잔합시다."

그래도 건축가는 물러서지 않았다. "지나가버린 행복한 시절에 대한 기억은, 행복한 걸까요, 슬픈 걸까요?"

델리 남자의 얼굴에 비웃는 듯한 미소가 떠올랐다. "그런 생각은 해봐야 아무짝에도 쓸모없지만, 선생님이 이야기 하나 해주시면 시간은 잘 갈 것 같습니다만."

"이야기라! 무슨 이야기 말입니까?"

"제 말은, 우리 모두 나이를 먹을 만큼 먹은 사람들이고 이 대합실엔 여자도 없으니 터놓고 이야기 좀 한다고 해서 나쁠 건 없다는 겁니다. 그렇겠죠?"

"하시고 싶은 말씀이 그러니까 뭐죠?" 뚱뚱한 건축가는 불안한 것 같았다.

"그러니까 이분 말씀은." 의사가 설명을 덧붙였다. "우리도 좋은 시절이 있었다는 거겠죠. 아까 그 부부가 지금 그런 것처럼……"

"저는 없었습니다." 건축가가 따지듯이 말했다. 수염이 거뭇거뭇 자란 그의 볼이 모욕이라도 당한 것처럼 조금 붉어졌다.

"선생님도 있었습니다." 작가가 말했다. "단 한 번도 누군가를 좋아해본 적이 없는 사람은 없어요. 그다음에 어떻게 되었는가는 중요하지 않습니다. 누군가를 좋아했다는 사실이 중요하죠. 어쩌면 기억도 중요하다고 할 수 있겠네요. 어떤 기억이냐에 따라……"

"저는 그런 기억 없다니까요." 건축가가 손을 내저으며 큰 소리로 말했다. "선생님들 이야기나 한번 들어보고 싶습니다."

"좋습니다, 각자 이야기들 꺼내보죠." 큰 덩치에 어울리지 않게 의기소침해진 건축가를 보며 의사가 진지하게 말했다. "선생님도 하셔야 합니다. 잠을 자기는 틀린 것 같으니, 밤새 이야기나 한번 해봅시다. 시작할까요?"

"저부터 말입니까?" 건축가가 커피잔을 입으로 가져가다가 멈칫했다. "저는 사업하는 사람입니다. 사업 말고는 아는 게 없어요. 말씀하신 그런 일이라면……"

"아니에요, 선생님도 분명 할 이야기가 있습니다." 작가가 확신에 차서 말했다.

건축가는 말없이 고개만 숙이고 있다가 잠시 후 입을 열었다.

"저는 해드릴 이야기가 없습니다. 대신 다른 사람 이야기라면, 그게, 제 친구 이야긴데……"

"좋습니다, 친구분 이야기 들어봅시다."

건축가는 커피를 한 모금 마시고 이야기를 시작했다.

2
마칸랄의 슬픈 사연

그 친구 이름을 마칸랄이라고 합시다. 이름에서 알 수 있듯이 평범한 보통 남자였지만 집에선 기대가 대단했죠. 집안에서 처음으로 대학에 간 친구였거든요. 그 친구 할아버지는 아들이 일곱이고 그 일곱 아들에게서 태어난 손자가 서른둘인데, 그 서른둘이 또 얼마나 낳았는지는 아무도 모릅니다. 사실 지금도 계속 낳고 있고요. 다들 키도 크고 남자다웠지만 하나같이 가방끈이 짧았단 말입니다. 몇몇이 공부를 해보려고는 했지만 잘 안 됐죠. 마칸랄의 어머니 히란마이는 그게 너무 속상했습니다. 풍채 좋은 남편 라가브에게 틈만 나면 불평을 해대는데, 라가브는 한 마디도 받아칠 수가 없었어요. 히란마이의 오빠 둘은 대학을 졸업했고, 그녀도 닐파마리 여자고등학교에서 9학년까지 공부를 했거든요. 그래서 첫아이—마침 아들이었죠—마칸랄이 태어나자마자, 이 아이는 반드시 대학에 보내겠다고 맹세했던 겁니다.

쉬운 일은 아니었습니다. 전통적인 지주계급 특유의 나른한 분위기가 집안에 가득했으니까요. 먹고살기 위해서는 일을 해야 한다는 생각이 대대로 누구에게도 박혀 있지 않다보니, 배움에 큰 갈증을 느끼는 사람이 없었어요. 넉넉하던 재산이 줄어든 게 뻔히 보이는데도 그런 분위기는 변하지 않았습니다. 집안 남자들은 하루종일 빈둥거렸어요. 오후 두시에 목욕을 하고 갖가지 진수성찬을 차려놓고서 호사스럽게 점심을 먹고는 행복한 기분으로 베개를 껴안고 마음 편히 낮잠을 청했죠. 집안 전통이었던 그 낮잠을 빈털터리가 되어가는데도 포기할 수 없었던 겁니다. 돈이 떨어진 건 분명 고통스러운 일이었지만, 돈을 버는 고통이 훨씬 컸죠.

히란마이의 남편 라가브도 하루하루 그렇게 살아가고 있었고, 아들을 꼭 대학에 보내겠다는 히란마이의 맹세가 없었다면 그런 생활이 계속되었을 겁니다. 지방에 있는 가문 소유의 집에서 시들시들 지내서는 될 일이 아니었습니다. 절대 안 될 일이었죠. 마칸랄이 마을 학교의 시험을 통과하자마자 히란마이는 남편을 들볶아 콜카타로 이사를 했습니다. 아내의 뜻을 따르는 게 가장 편해서 라가브도 동의했고요. 그러면서 서서히 가진 사람 특유의 게으른 습관도 버려야만 했죠. 콜카타에 도착하고 얼마 되지 않아 그는 자산을 일부 처분해 바바니푸르에 작은 가게를 열었습니다. 물론 이번에도 아내의 뜻이었죠. 히란마이는 지주계급 시절의 기억에서 벗어나지 못하면 가족은 입에 풀칠도 못 할 거라고 설득했습니다. 그리고 자기 보석—물론 그것도 남편 소유였지만—과 지혜를 투자해 남편이 가게를 꾸려나갈 수 있게 도왔습니다.

머지않아 가게는 잘나가는 목공품점이 되었습니다. 목공예에 관심이 있었던 라가브는 자기 손으로 몇몇 가구를 만들기도 했죠. 그러다보니 마지못해 시작한 일인데도 시간이 지나면서 열정이 생겼어요. 낮잠만은 절대로 포기할 수 없었지만 그 두어 시간을 제외하고는 하루종일 가게를 지켰죠. 그렇게 부지런히 일한 덕분에 부의 여신도 그의 편이 되어주었고, 돈이 벌리니 더욱더 열심히 일했습니다. 몇 년 만에 아예 회사를 하나 차렸는데, 그게 바로 사우스콜카타 목공소입니다.

라가브는 처음부터 아들 마칸랄이 가게 일을 함께 해주기를 바랐습니다. 열정적으로 사업을 배우고 나무의 향과 질감과 색상에 익숙해지기를 바랐죠. 사업이 커지고 일도 많아지면서, 이제 큰아들이 자신을 도와주었으면 좋겠다는 그의 바람은 갈수록 커졌습니다. 남들만큼만 배우면 됐지, 그 이상이 도대체 왜 필요한 거야? 대학 졸업장이 무슨 소용이 있다고? 그런 생각이었죠. 사업운이 한창 따라주는 지금 흐름을 타지 않으면 이대로 기회를 놓칠지 모른다는 이야기도 했습니다. 부질없는 소리였죠! 전 재산을 다 날린다고 해도 마칸랄은 꼭 대학을 졸업해야 했습니다.

마칸랄이 그 신성한 학사 학위 자격시험에 통과하던 날, 히란마이의 기쁨이 얼마나 컸는지는 짐작하시겠죠? 이십일 년 동안 꿈꾸던 일이 마침내 현실이 된 겁니다. 어찌나 기뻤는지 그 자리에서 한 가지 제안을 했어요. "이제 결혼해야지."

이상하죠, 안 그렇습니까? 요즘은 대학 졸업만 하면 결혼할 자격이 생긴다고 여기는 사람은 아무도 없잖아요? 대학을 마쳤을 뿐 마칸랄은 아직 애나 다름없었는데, 결혼이라니요!

하지만 히란마이에겐 조금도 이상한 일이 아니었습니다. 우선, 그게 집안 전통이었어요. 아버지나 삼촌들도 모두 열여덟 전에 결혼을 했죠. 교육과 관련해서 아무리 깨어 있는 사람도 결혼 문제에 관한 한은 여전히 보수적인 경우가 있잖아요. 집안에 재산도 좀 있겠다, 신부는 와서 넘치도록 행복하게 지내기만 하면 되는 일이었죠. 게다가 마칸랄은 전형적인 대학생처럼 땅딸한 안경잡이가 아니었습니다. 인물 하나는 참 대단했지요.

네, 그 친구는 정말 잘생겼습니다. 토를 달 여지가 없었어요. 저도 마칸랄을 아주 잘 아는데, 아니 잘 알고 지냈는데요, 스물한 살 때 이미 골격이 크고 건장해서 서른둘 정도는 돼 보였죠. 덩치가 좋고 우람한데다 이가 툭 튀어나오고 남자답게 가슴엔 털도 수북했어요. 신발은 또 어찌나 큰지 벗어놓은 걸 보면 깜짝 깜짝 놀랄 정도였습니다. 겉모습만 보면 애가 셋쯤 딸린 남자 같았으니, 결혼하지 않았다는 게 어색하기는 했죠.

뿐만 아니라 신붓감도 정해져 있었습니다. 옆집에 사는 수바드라 바부*네 집 딸을 히란마이가 오래전부터 점찍어두고 있었죠. 아가씨가 예쁘거나 그 아버지가 부자였냐고요? 아닙니다. 수바드라 바부는 무일푼이나 다름없는 교수였고, 딸도—자세한건 마칸랄에게 들었습니다만—딱히 미인이라고 할 만한 얼굴은아니었습니다. 하지만 배운 집안이었죠! 아버지가 교수인데다가말라티—그 아가씨 이름이 말라티였습니다—도 빠지지 않았거든요. 졸업시험에서 별을 세 개나 받았고, 그때는 대학에 다니고 있었는데, 식사중에도 책에서 눈을 떼지 않는 아가씨였습니다. 게다가 집안 곳곳에 온갖 책이 어찌나 많은지, 세상에, 그렇게 책이 많은 집을 본 사람이 있을까요? 과장 하나 안 보태서 히란마이도 분명 자기 집안사람 중 그렇게 책이 많은 사람은 못 봤을 겁니다. 남편의 옛날 집에선 책 구경도 못 했죠. 집안에 독서

---

* 인도에서 남자의 이름 뒤에 붙이는 경칭.

습관 자체가 없었어요. 아들 마칸랄도 그런 분위기에 젖어서, 대학은 나왔지만 책을 읽지는 않았죠. 참 독특한 집안이었습니다.

아가씨가 책이 많다고 신붓감으로 정했다는 게 좀 이상하게 들리겠지만, 이제 선생님들도 바로 그게 히란마이의 약점이었다는 걸 눈치채셨을 겁니다. 집안 분위기를 바꾸려면 꼭 학자 집안의 아가씨를 며느리로 들여야 한다는 게 히란마이의 생각이었지요. 말하자면 자기가 나무 장사로 부의 여신을 불러왔듯이 이제 책 좋아하는 며느리를 보고 배움의 여신이 찾아왔으면 싶었던 거죠. 두 집안의 배경이 너무나 잘 어울렸습니다. 7월 안에 식을 올려야겠다고 히란마이는 마음먹었습니다. 11월까지 기다릴 수가 없었어요.

남편에게 정성껏 밥상을 차려주며 그녀는 슬쩍 그 이야기를 꺼냈죠. 라가브는 아내 말을 잘 듣는 사람이었지만 그 문제만큼은 생각이 달랐어요. 지참금을 잔뜩 받아 사업을 확장할 생각을 하고 있었던 겁니다. 히란마이는 그 생각을 단칼에 물리쳤어요.

"그럴 운명이라면 가만있어도 돈이 따라올 텐데, 왜 구걸하려고 해요?"

"아니, 아니야. 구걸하자는 게 아니라, 그냥…… 아비나시 바부가 며칠 전에……"

"아비나시 바부가 누구예요?"

"옆 가게 주인."

"술집요? 세상에, 술장수 딸을?"

"그냥 술장수가 아니고, 출신은 좀 달라. 우리 애한테 관심 있는 것 같던데. 당신이 그 집 딸을 한번 보면 어때, 여러모로 괜찮을 것 같은데……"

"됐어요. 내가 다 알아서 당신한테도 도움되게 할 테니까, 방해나 하지 마세요."

"마음대로 해. 그런데 교수 사위가 되어서도 애가 가게 일에 관심이 있을까?"

"그게 걱정이에요? 우리 마칸랄은 그런 아이 아니에요. 장담컨대 머지않아 집안을 다 책임질 거라고요." 그러고서 히란마이는 아들을 돌아보았습니다. "그렇지? 그럴 거지?"

그 물음에 아버지 옆에서 함께 식사를 하고 있던 마칸랄은 멈칫했습니다. 그러고는 말없이 진지한 얼굴로 고개를 떨어뜨린 채 접시 무늬만 보고 있었죠. 대답은 들어볼 것도 없었습니다. 척 보면 아는 거예요. 한 집안을 책임져도 충분할 만큼 어깨가 떡 벌어진 청년인데, 가냘픈 젊은 여자 하나를 맡는 게 문제될리 없었죠.

혹시 전부터 뭔가 있었던 건 아니냐고요? 네, 있었습니다. 누구도 대자연의 오묘한 섭리를 피해갈 수는 없는 법이죠. 제아무리 건장한 청년이라고 해도, 마칸랄은 자신의 넓은 털북숭이 가슴 속에서 작은 꽃 한 송이가 막 봉오리를 맺는 것은 어찌할 수 없었습니다.

사실, 마칸랄은 거의 매일 말라티와 마주쳤습니다. '마주쳤다'는 말은 정확하지 않겠군요. 그는 매일 그녀를 볼 수 있었습니다. 그의 방에서 옆집 안쪽으로 난 베란다가 보였고, 미풍에 말라티의 사리가 흔들리면 여지없이 딴생각에 빠졌죠. 물론 마칸랄은 진짜 신사였기 때문에—아니면 부끄러워서 그랬을지도 모르겠습니다만—즉시 고개를 돌렸지만, 그래도 한두 번 흘깃 곁눈질을 하게 되는 건 어쩔 수 없었습니다. 가끔은 말라티가 베란다로 등나무 의자를 들고 나와 앉아 있을 때도 있었죠. 누군가가 가까이서 자신을 지켜보고 있다는, 혹은 지켜볼 수도 있다는 생각은 전혀 못 하는 것 같았습니다. 말라티는 그 자리에서 책을 읽고, 웃음을 터뜨리고, 큰 소리로 말하고, 형제자매들과 콧노래를 불렀어요. 젊은 여자를 뚫어져라 보면 안 된다는 건 누구나 알고 있지만, 여자가 늘 제 발로 당신 앞에 모습을 드러내는데 눈을 뽑아버릴 수도 없는 일이죠, 안 그렇습니까? 마칸랄은 자신이 뭘 보고 있는지조차 자주 잊었고, 말라티가 일어나 자기 방으로 들어가면 그제야 비로소 자신이 한군데 눈을 두지 못하고 두리번거렸던 이유를 알아차리곤 했습니다. 어디, 눈만 그랬을까요? 그 넓은 가슴 아래 있는 심장 역시 평소보다 빠르게 뛰고 있었겠죠?

그게 그때까지의 상황이었습니다. 뭐 별일 아니라고 할 수도 있겠지만, 정말 아무 의미도 없었을까요? 짐작하셨겠지만 마칸랄은 좀 미련한 구석이 있었습니다. 눈치 빠른 도시 청년들과는 달랐죠. 조숙해서 연애에 대해 일찌감치 이것저것 배우는 그들과 달리 뭘 제대로 몰랐던 겁니다. 그저 말라티를 볼 수 있다는 게 좋았고, 심지어 그녀가 정말로 아는 사람인 것 같은 기분까지 들었습니다. 말라티의 세계에는 덩치만 좋은 이웃 청년 따위가 들어설 자리가 없다는 걸 그는 알고 있었을까요? 그런 생각을 했을까요? 했을 수도 있고 아닐 수도 있지만, 어쨌든 그녀를 떠올릴 때면 다른 누구보다도 친근한 마음이 들었던 건 분명합니다. 그래서 어머니가 결혼 이야기를 꺼냈을 때 놀라지도 않았어요. 그렇다고 기뻐 날뛰었던 건 아니고, 그저 필연적인 일로 받아들였던 겁니다. 심지어 그 이야기를 처음 들었던 날 밤 자리에 누워 상상해보기도 했죠. 어떻게 말을 걸면 좋을지, 옆집 베란다에 있는 모습만 보았던 여자가 자기 삶으로 들어오면 어떻게 해야 할지를요. 첫 질문은 아마 '베란다에서 당신도 나를 본 적이 있나요?'였을 겁니다. 그녀는 뭐라고 대답할까요?

하루인가 이틀 뒤 히란마이는 본격적으로 일을 벌였죠. 점심을 먹고 나서 끝단이 빨간 새 사리를 입고 이마에 주황색 선을 더욱 돋보이게 그리고, 판*을 입에 털어넣은 다음 교수의 집으로 건너갔습니다. 하지만 집으로 돌아왔을 때는 얼굴의 미소가 사라졌고 판을 씹을 때 행복함이 묻어나던 입가에는 아무런 즐거움이 보이지 않았죠.

마침 낮잠 시간이어서 라가브는 집에서 졸고 있었습니다. 하지만 그날은 그도 오랜 습관을 포기해야 했답니다. 제 방에 있던 마칸랄은 어머니가 쉬지 않고 무어라 떠드는 소리만 들을 수 있었습니다. 가끔 아버지가 부드럽게 한 마디씩 끼어들었고요. 하지만 어머니가 목소리를 높일 때는 뭐라고 하는지 알아들을 수 있었죠.

"뭐? 장사꾼? 장사꾼 아들이라고! 도대체 뭐가 있다고 그렇게 잘난 척을 해? 교수? 그래, 교수 하면서 얼마나 버는데? 우리 재산, 배, 숱하게 열리는 잔치, 그런 거 구경이나 해봤겠냐고! 아니겠지. 내 말은 듣지도 않았다니까. '딸아이를 결혼시킬 생각은 없습니다. 아직 애인걸요!' 애는 무슨! 저런 선머슴 같은 꼴로 얼마나 더 두려는 거지? 자기처럼 되라고? 우리 아들이 어디가 어때서. 대학을 안 나왔어, 성품이 나빠, 먹을 걸 제대로 못 먹었어,

---

* 빈랑나무의 잎. 식후에 씹어 입가심을 했다.

옷을 못 입었어? 어디 이런 딱 맞는 신랑감을 찾을 수나 있을 것 같아? 피부도 까만데 어느 왕자가 나타나서 황금 안장에 태워준 다고 그러냐고. 운이 좋은 줄 알아야지…… 어휴!"

몇 번이나 같은 이야기였죠. 라가브는 아마 잠든 것 같았고, 마칸랄도 더는 귀를 기울이지 않았습니다. 하지만 어머니의 불 평은 오후 내내 꽤 오랫동안 계속됐어요.

히란마이는 모욕을 당한 것 때문에 며칠 동안 속이 쓰렸죠. 아 들 결혼을 시키는 것도 시키는 거지만 며느리로 꼭 말라티를 원 했던 터라 더 속상했어요. "내가 이런 말도 했어. '말라티가 계속 공부하기를 원하신다면 저희 집안에서 책임지겠습니다. 대학 나 온 며느리는 집안에도 자랑거리니까요. 지참금 같은 건 필요 없 습니다'라고. 그런데 저 집에선 듣는 시늉도 안 하는 거예요. 세 상에, 어찌나 거만한지. 도대체 왜, 이유를 모르겠다고! 그 잘난 체면 때문에?"

"아, 제발 그만 좀 하세요, 어머니!" 마칸랄이 낮은 목소리로 한 마디했습니다. "바로 옆집인데, 누가 들으면 어쩌려고요?"

"들으라고 해." 히란마이는 교수네 집 베란다 쪽으로 다가가 더 큰 소리로 외쳤어요. "내가 겁낼 줄 알아? 구걸이라도 할 줄 아냐고? 허, 이렇게 멋지고 빠지는 데 없는 아들이 있는데, 걱정 할 게 뭐 있다고 그래? 잘 들어라, 마칸랄, 저 사람들이 널 볼 때마다 부러워서 속이 뒤집힐 날이 꼭 올 거야. 암, 그렇고말고."

히란마이의 분노는 며칠 동안 계속되었지만, 시간이 지나면서 마칸랄의 결혼 이야기는 슬그머니 들어갔습니다. 술집 주인 아비나시 바부는 7월에 딸을 시집보냈고 다른 아가씨들도 이마에 주황색 선을 그렸지만, 그사이에도 마칸랄 고시가 대학도 나오고 여자 하나 책임질 자격이 충분하니 어쩌니 하는 이야기는 다시 나오지 않았어요. 그해 벵골 지역에 아가씨가 적었던 것도 아닌데 히란마이는 그렇게 떠들어놓고 적극적으로 나서지 않았습니다. 왜 그랬을까요? 아들에게 딱 맞는, 교수네 가족을 깜짝 놀라게 해줄 그런 신붓감을 못 찾았을까요? 당연히 히란마이로서는 그런 신붓감을 찾아봐야 하지 않았을까요? 분명 그렇죠. 그녀가 왜 그러지 않았는지, 저는 모르겠습니다. 정말 학자 집안에 엄청난 복수를 할 계획이 있었던 걸까요? 그런 낌새는 없었습니다. 한 달이 지나고 두 달이 지났지만, 예의상으로라도 혹은 그저 가까운 이웃으로라도 교수의 부인은 단 한 번도 히란마이의 집을 찾지 않았죠. 오히려 히란마이가 그 집을 다시 찾은 적은 몇 번 있었습니다. 그 베란다에서는 여전히 그를 신경쓰는 기색이 없었어요. 예전처럼 웃음소리가 터져나오고 사리 자락이 스쳤지만, 이제 마칸랄도 그쪽을 보지 않았죠.

슬퍼서 그랬다고 생각하십니까? 아닙니다. 슬픔이나 거절 같은 걸 전혀 이해하지 못하는 게 바로 마칸랄의 장점이었죠. 사실은, 여유가 없었던 겁니다. 아침에 눈을 뜨면 간단히 요기를 하자마자 가게로 갔고, 점심을 먹으러 들어와 잠깐 쉬다가 다시 가게로 나가서는 밤늦게야 돌아왔으니까요. 그 무렵엔 아버지가 지고 있던 책임을 그 넓은 어깨에 대부분 옮겨 지고 있었습니다. 거의 전부였다고 해도 좋을 거예요. 열정을 사업에 쏟아부었고, 머리로 안 되면 부지런히 몸을 움직였죠. 당시 그 친구는 도시 이곳저곳을 바쁘게 돌아다니며 말처럼 일만 했어요. 박식한 교수의 재주 많은 딸을 생각할 여유가 어디 있었겠어요?

네, 그런 생각을 할 여유가 없었습니다. 그래도 집을 나서거나 돌아오는 길에 교수의 집 앞을 지나칠 때면 좀 불편하긴 했어요. 자기는 키도 너무 크고 너무 뚱뚱하다거나, 옷이 지저분하거나 자세도 걸음걸이도 끔찍하다는 느낌이 문득문득 들었죠. 교수네 집 응접실은 1층 길가 쪽에 있었습니다. 그 앞을 지나칠 때마다 그러지 않으려고 하는데도 슬쩍 돌아보지 않을 수가 없었어요. 뭐가 보였을까요? 아무것도요. 그저 커튼 뒤로 희미한 형체만 보일 뿐이었죠. 가끔 커튼이 살짝 벌어져 있을 때면 그 사이로, 뭐랄까…… 그 안엔 자신은 모르는 세상이 있었습니다. 태어날 때부터 알아온 집, 늘 어수선해서 그나마 깨끗하다 싶은 때도 실은 좀 지저분한 그의 집과 달리 그 응접실은 잘 꾸며놓은, 누구든 맞이할 준비가 된 품위 있는 공간이었죠. 벽에 걸린 그림들과 빼곡히 꽂힌 책들. 완전히 다른 세상이었습니다. 웃음소리가 들리고 대화가 이어지고, 가끔은 사리가 스치기도 했겠죠. 어떤 날은 그 분위기에 취해 발길이 떨어지지 않을 때도 있었습니다. 탄탄한 가슴 속 심장박동이 조금 빨라지고, 불현듯 자기 목공소의 나무들은 메마른 듯, 손으로 등사한 종이들은 빛이 바랜 듯 느껴졌어요. 하지만 그럴 때면 그는 전차를 향해 성큼성큼 달렸습니다. 그러고는 일에 파묻혀 잊어버렸죠.

때는 2차 대전이 일 년하고도 반년째로 접어들던 무렵이었습니다. 군수품을 조달하는 업체는 돈을 쓸어담았고, 누구나 그걸 알 수 있었죠. 다른 사람들처럼 마칸랄도 그쪽 일을 뚫었고, 조금은 불안했지만 수익은 상상을 초월했습니다. 나이보다 원숙해 보이는 게 도움이 되었고 건장한 체구는 신뢰를 줬습니다. 어쩌면 그가 끈기 있는 사람이었을 수도 있고요. 이유야 어찌됐든 그가 사람들을 만나 설득만 하면 주문이 쏟아졌어요. 그해 겨울 일본까지 참전하고 나서자, 이건 뭐—여러분도 당시 상황은 알고 계실 테니……

대단한 시절이었습니다. 콜카타에 사람이 없었어요. 단 한 명도 콜카타로 들어올 수 없었습니다. 폭격을 당했고, 수천 구의 시신이 거리에 널렸죠. 2파이사짜리 물건이 12안나로 뛰었습니다.[*] 쌀이나 설탕, 석탄, 소금이 귀해졌어요. 군인들과 이런저런 잡일, 쉽게 벌 수 있는 현금만 넘쳐났습니다. 지금 생각해도 놀라운 일입니다만 당시 마칸랄도 놀랐습니다. 어쩌면 운명이었을지 몰라도─아니면 어머니의 축복 때문이었을까요?─어디든 그의 손만 닿으면 돈이 쏟아져나왔어요. 군대에 물자를 대면서 어마어마한 현금을 벌어들였죠. 주머니에 다 넣을 수 없어서, 실제로 짐꾼을 부릴 정도였다고 보시면 됩니다. 신문지에 싼 현금 뭉치가 매일 은행에 들어갔어요. 매일매일 더 많은 돈을 은행에 맡기고 고액 수표를 끊어댔습니다. 그렇게 하루가, 일주일이, 몇 달이, 몇 년이 금세 지나갔죠. 밤낮을 모르고 일하다 어느 날 아침 일어나보니 백만장자가 되어 있지 뭡니까. 정말이에요.

골목에 있던 작은 가게는 이제 커다란 공장이 되었고, 큰길가에 전시장도 생겼죠. 마칸랄은 백여 명이나 되는 직원들의 생계를 책임지게 되었습니다. 남동생 둘도 대학을 그만두고 일을 도왔는데 히란마이도 반대하지 않았어요. 라가브로 말하자면, 은퇴를 했죠. 수입은 그대로 유지하면서요! 아들이 벌어오는 엄청난 돈 덕분에 옛날 지주 시절의 버릇이 다시 살아난 그는 마음껏 즐겼습니다. 매일 아침 그날 먹을 음식을 엄청나게 주문하고, 아

---

[*] 100파이사는 16안나이다.

내와 잡담을 나누다 주방 문턱에 앉아 느긋하게 점심을 먹고, 오후엔 긴 낮잠을 잤어요. 가끔씩 밤늦게 마칸랄과 이런저런 사업 얘기를 할 때도 있었습니다. 돈을 버는 일은 이제 아들이 도맡았으니 그는 다시 돈을 쓰는 일을 도맡았어요. 돈을 쓰고 안 쓰고, 그러니까 얼마를 어디에 쓰고 얼마를 저축할지, 그런 복잡한 문제는 라가브의 몫이었던 겁니다. 집안의 재정적인 문제는 아버지가 결정한다는 점에 대해서는 히란마이의 생각도 확고했기 때문에 마칸랄은 신경쓰지 않았어요. 그럴 시간도 없거니와 간섭하고 싶은 마음도 없었습니다. 일을 향한 열정이 넘쳐나던 터라 오히려 부모님께 맡겨서 마음이 놓일 정도였죠. 집에는 음식과 옷이 넘쳐났고—음식이 옷보다 훨씬 많았죠—음식값이 하늘 높은 줄 모르고 치솟아도 먹는 양은 한정되어 있으니 괜찮았습니다. 게다가 돈이 너무 많다는 부담감은 돈이 없다는 불안감에 비하면 걱정거리도 아니었죠. 하지만 가족들의 행색은 그리 달라지지 않아서 여전히 가난하고 지저분해 보였습니다. 수입이 두 배나 네 배가 아니라 열 배쯤 늘어났다는 걸 사람들은 몰랐죠.

꾸미고 싶은 걸 참았다고 생각하십니까? 그건 아니었습니다. 마칸랄의 가족은 사소한 사치에 빠져드는 대신 풍족함을 더 대대적으로 과시할 수 있도록 재산을 비축했습니다. 그들에겐 안정이 최우선이었으니까요! 라가브는 계속 땅을 사들이고 있었고, 히란마이는 또 나름대로 금과 보석을 모으고 있었어요. 그리고 머지않아 딸들을 시집보낼 때가 되었습니다. 큰딸은 전통에 따라 얼른 시집을 보낸다 해도 작은딸은 기어이 대학에 보내겠다고 히란마이는 다시 한번 맹세했죠. 아들뿐 아니라 딸도 대학 졸업을 시킨 어머니가 되고 싶었던 겁니다. "보라지, 배운 걸로 치면 우리 집안도 만만치 않다는 걸 저 사람들이 깨닫게 해줄 거야."

'저 사람들'이란 당연히 옆집 사람들이었고, 그중에서도 교수의 오만한 부인이었죠. 이제 뭘 좀 알았나? 그때 결혼에 동의만 했어도 당신 딸은 지금 여왕처럼 살고 있을 거야. 우리 아들이 백만장자라고.

히란마이는 여러 집을 돌아다니는 파출부에게 자기네가 얼마나 부자인지 슬쩍 흘리기까지 했습니다. 기회가 있을 때마다 잊지 않고 재산을 자랑했죠. 라가브가 발리군지*에 완공 전인 집을 샀던 날은 두말할 것도 없고요. 히란마이의 의도대로 이야기가 퍼져나갔지만 교수 집은 잠잠했죠. 그들이 이웃 일에 무관심할수록 히란마이는 자신이 당했던 일을 잊을 수가 없었습니다. 이상한 경쟁심이 발동했고, 복수하고 싶은 마음은 커져만 갔답니다.

그런데 들리는 말이, 교수네 형편이 끼니도 해결할 수 없을 만

---

* 콜카타 남부의 상류층 거주지역.

큼 나빠졌다는 겁니다. 운명의 신이 내 편일 때, 종종 그런 상황이 벌어지기도 하죠. 옆집 사람들의 자존심에 상처를 주고 싶었던 히란마이의 욕심도 거의 채워지는 것 같았습니다. 소식을 들은 그녀는 어찌나 기쁜지 아들에게 아주 자세하게 다 말했죠.

분명히 혼자 알고 있기에는 아까운 이야기였습니다. 교수는 육 개월 동안 월급을 받지 못한 것 같았죠. 유명하지도 않던 그 대학에선 원래 한 번도 월급을 제대로 준 적이 없었답니다. 들어오는 돈보다 나가는 돈이 더 많았던 시절이었으니, 고상 떠는 건 고사하고 교수네 가족은 사실상 파산한 거나 다름없었습니다. 교수가 개인교습을 하고 안내책자를 써서 겨우 먹고살았는데, 이제 종이가 부족하다보니 아무도 안내책자 같은 걸 내지 않으려 했죠. 게다가 여기저기 일자리가 널린 마당에 누가 개인교습을 받겠습니까? 이런저런 상황을 볼 때 아마도……

그때까지 말없이 듣고 있던 마칸랄이 물었습니다. "어떻게 그런 걸 다 아세요?"

"뭐, 하리마티가 그 집 설거지도 도와주고 있었잖니. 그런데 어제 와서는 이제 그 집에는 안 나가기로 했다더라. 결국 그 불쌍한 사람들은 그게 밥벌이인데, 돈을 못 받는다면 뭐…… 가정부가 다 뭐니, 듣기로는 매일 끼니 걱정을 해야 할 지경이라던데. 그리고 그 딸애가 올해 졸업시험을 보는 모양인데, 수업료는 어떻게……"

 이쯤에서 효자 마칸랄이 남의 일에 무슨 관심이 그리 많으냐
는 식으로 한마디했겠죠. 좀 돌려서 말했을 겁니다. 히란마이는
곧바로 태도를 바꿨습니다. "네 말이 맞다, 그렇지, 그게 나랑 무
슨 상관이겠냐. 그런데 그 딸애를 생각해보면 말이다. 결혼은 고
사하고 이제 대학 졸업도 못 하게 생겼잖아. 그러니까 내 말은,
그만하면 이제 자기들 실수는 깨달은 것 같고, 너만 괜찮다면 그
집 식구들한테 하나 더 가르쳐주고 싶은 게 있거든."

 미련한 마칸랄이 어머니 말의 속뜻을 읽어내지 못하자 히란마
이가 다시 입을 열었습니다.

 "내가 그 교수 부인을 한번 떠보면 어떻겠니? 우리가 조금만
도와줘도 아주 고마워할 것 같은데."

 히란마이는 만면에 승리의 미소를 띠고 아들을 바라보았죠.
하지만 안 그래도 진지한 마칸랄의 얼굴은 거의 굳어졌고, 그는
"말도 안 돼!"라고 작게 내뱉고는 자리를 떴습니다. 누구에게 하
는 말인지는 분명치 않았죠.

 그날 밤 마칸랄은 늦게 돌아왔습니다. 교수의 집 앞을 지날 때
불현듯 어머니의 말이 생각났어요. 걸음을 멈추고 고개를 들어
그 집을 봤습니다. 집안은 어두웠고, 유일하게 불이 켜진 1층 방
에선 선풍기 하나가 벽에 커다랗고 어두운 그림자를 드리운 채

규칙적으로 돌아가고 있었습니다. 보이는 건 그게 전부였죠. 다른 건 없었습니다. 어쩌면 어머니가 완전히 잘못 알고 있을지도 몰랐습니다. 아무 문제도 없어 보였거든요. 적어도 마칸랄은 그렇게 믿고 싶었습니다. 하지만 길가에 서서 1층 창으로 들여다보는데 뭘 얼마나 알 수 있었겠습니까?

마칸랄은 가슴에 작은 가시 하나가 박힌 것만 같았죠. 시도 때도 없이 그 가시가 가슴을 찔렀어요. 이웃이 정말 그렇게 힘든 상황에 처한 걸까? 아니, 아니야, 모두 어머니의 상상일 뿐이야! 교수네 가족이 잘못되기를 바라니까 쓸데없이 질투에 빠져서는 상황을 부풀려 그런 이야기를 지어낸 거야. 하지만 어머니 말이 사실이면? 사실일 수도 있잖아, 안 그래? 그렇다고 해도 그와는 무슨 상관이며 그가 할 수 있는 일, 그가 해야 할 일이 뭐가 있었겠습니까? 아무것도 없었습니다. 아무것도. 이웃집 사람들이— 어머니의 이야기가 모두 맞다면—먹을 것과 입을 것이 없어 고생하고 있는데도 그가 할 수 있는 일은 아무것도 없었어요. 넉넉한 재산을, 자신도 예상하지 못한 큰 재산을 가지고 있었는데도 할 수 있는 일이 없었단 말입니다. 그런 생각이 묘한 아픔으로 다가왔고, 그는 스스로에게 화가 났습니다. 나도 어머니랑 똑같은 걸까? 나도 옛날 일을 잊지 못하는 걸까?

그러는 동안에도 전란은 계속되었고 그렇게 하루하루가, 몇 달이 지났죠. 이번 생에는 전쟁이 끝나지 않을 것 같았습니다. 하지만 서둘러야 했죠. 돈을 벌 기회가, 특히 벵골 사람들에게는 언제 또 오겠습니까? 한편 라가브는 발리군지의 집에 온 정신을 쏟고 있었죠. 원자재는 정부가 정해놓은 공정가에 맞춰 사들였고 건축업자는 넉 달이면 집이 완공될 거라고 자신했습니다. 히란마이는 당시 살던 볼품없는 집의 대단할 것 없는 세간도 모조리 바꿔 한을 풀고 싶어했습니다. 그래서 침대와 탁자, 의자, 옷장을 각 방의 크기에 맞춰 자기네 공장에서 새로 다 짰습니다. 마칸랄은 터무니없이 높은 가격에 티크를 사들였고, 파크 스트리트*에서 임금을 배로 주고 기술자들을 데려왔죠. 네, 마칸랄도 부모님의 열렬한 노력에, 과거의 모습을 완전히 지우려는 그들의 '음모'에 동참한 겁니다. 본인이 선택한 건 아니지만 달리 뭘 할 수 있었겠습니까? 할 일이 더 많아졌다는 건 좋았어요. 일은 언제든 환영이었습니다! 삶에서 아무것도 남지 않은 가련한 사람들, 마음이 가난한 사람들은 일에서 구원을 얻으니까요.

이제 마칸랄은 한밤중에 깊이 잠들기 전까지 종일 쉬지 않고 몸과 머리를 써서 일을 해야만 마음이 놓였습니다. 그저 하루하루 무사히 지나가기만을 바라며 지냈죠. 목욕을 못 하거나 끼니

---

* 콜카타의 유명 번화가.

를 건너뛰는 날도 있었지만, 정작 본인은 몰랐고 신경쓰지도 않았습니다.

하지만 그냥 지나칠 수 없었던 히란마이는 적당히 부드럽게 아들을 조용조용 나무라기도 했습니다. 그래서야 몸이 얼마나 버틸 수 있을지, 그렇게 다닐 데가 많은 사람이 차가 없어도 될지. 길 아래쪽에 사는 타라파다가 차 이야기를 했던 것 같은데……

"안 돼요, 엄마."

"허! 갖고 싶은 마음은 있고?"

"신경쓰지 마세요. 차 없어도 괜찮아요."

"너, 그거 정말 안 좋은 습관이야. 다른 사람이 원하는 건 다 주면서 본인한테는 구두쇠처럼 구는 거 말이야. 요새 버스가 얼마나 미어터지는데 그걸 타고 다니니?"

"다른 사람도 다 타고 다녀요! 아가씨들도요."

"아가씨라고! 내 앞에선 아가씨 이야기도 꺼내지 마라. 이제 아가씨도 아니야—다들 사내가 돼버렸어. 어깨에 가방을 메고 다니는 그 꼴들이 참 볼만하더구나, 하나하나. 참, 교수네 딸이 대학을 무사히 마치고 직장을 구했다더라. 이제 딸이 벌어오는 돈으로 먹고살 모양이지."

교수 가족의 이야기가 나오자마자 마칸랄은 슬그머니 자리를 피해 거울 앞에서 면도를 했습니다. 하지만 히란마이가 따라와 마칸랄은 듣든 말든 중얼거렸죠. "기분이 어떨까? 속상하겠지—아, 그때 결혼만 허락했어도—이렇게 될 줄 알았더라면, 그러면서 말이다. 그럼 그냥 내놓고 이야기하면 될 것을." 아니나 다를까 히란마이는 그 이야기를 하고 또 했습니다.

며칠 후 덤덤에서 택시를 타고 돌아오던 마칸랄은 주지사 관사 근처에서 신호에 걸려 서 있었습니다. 저녁 무렵이었어요. 사무실들이 문을 닫는 시간, 만원 버스만 봐도 두려워지는 그런 시간이었죠. 보도에 일을 마치고 집으로 돌아가는 아가씨 서너 명이 보였습니다. 저런 아가씨들이 어떻게 전차를 탈까, 정말 탈 수나 있을까? 그런 걱정은 할 필요가 없었죠. 아가씨들은 매일 타는 전차에 이미 익숙할 테니까요. 그래도 마칸랄은 다시 그들을 돌아보았습니다. 다시 보니—어쩌면 처음 봤을 때부터 느꼈을지도 모르겠습니다—그중 한 명이 왠지 낯이 익었죠. 네, 바로 그녀였습니다. 교수네 딸이요. 택시가 보도 가까이 서 있었던 터라 마칸랄은 그녀의 얼굴을 똑똑히 볼 수 있었죠. 그렇게 가까이에서 보기는 처음이었습니다. 말라티는 망연자실 도로를 바라보고 있었습니다. 얼굴은 피로가 가득했지만 그래도 우아했어요. 지쳤을 때조차 그녀는 아름다운 것 같았죠. 마칸랄은 그녀와 자기 옆의 빈자리를 번갈아 바라봤습니다. 그녀도 두세 번 그가 있는 쪽을 돌아봤지만 두 사람의 눈이 마주치지는 않았죠. 그녀를 불러야 할까? 하지만 뭐라고 하면서? 게다가 그렇게…… 그렇게 해도 되는 걸까? 그녀가 상처받으면 어떻게 해야 할지, 만약 그녀가…… 그녀가 내 말을 무시하면 어떻게…… 그래도…… 그가 머뭇거리는 사이에 신호가 파란불로 바뀌고, 택시는 다시 움직였습니다. 전차를 타야 하는 말라티와 다른 아가씨들의 망연자실한 눈빛을 뒤로한 채 말이죠.

집으로 향하던 마칸랄은 갑자기 마음을 바꿔 치트푸르로 가서는 새집의 화장대에 놓을 거울을 찾아왔습니다.

그리고 몇 달이 지났죠.

새집은 거의 완공되었고 세간 준비도 끝났습니다. 길일을 골라 이사하는 일만 남았죠. 히란마이는 가지고 있는 것들을 점검하느라 바빴습니다. 필요 없는 물건은 팔고, 오래된 사리는 알루미늄 식기로 바꾸고, 헌옷은 가난한 사람들에게 나누어주었죠. 시아버지가 쓰던 낡은 여행 가방도 여러 개였는데, 칠이 벗겨지고 몇 개는 자물쇠까지 망가졌지만 꽤 튼튼했어요. 어느 날 아침, 그 가방들을 어떻게 할까 고민하는 히란마이에게 둘째 딸 락슈미가 달려와서는 이웃집에 경찰이 들이닥쳤다고 했습니다.

"뭐?"

"정말이야, 엄마, 경찰이라고. 사람들이 구경하고 난리야. 가서 한번 봐요."

락슈미가 엄마의 손을 잡아끌었지만 그럴 필요가 없었죠. 어쨌든 아이뿐 아니라 어른까지 누구든 놓쳐서는 안 될 광경이었으니까요. 특히 히란마이는요.

처음엔 도로 쪽 베란다에서 지켜봤습니다. 교수의 집 앞에 사람들이 무리지어 있고, 햇빛에 반짝이는 붉은 모자를 쓴 경찰들도 보였죠. 1층 현관문은 밖에서 부쉈는지 활짝 열려 있었습니다. 몇 명이 집안으로 들어가고 누군가는 벽에 붙은 놋쇠 문패를 쾅쾅 두드려 떼서 길가에 내던졌지요. 히란마이는 넋을 잃고 그 광경을 지켜보았습니다. 짐꾼 네 명이 노란색 천소파를 들고 나와 보도에 내려놓더니 이어서 의자와 응접실 탁자까지…… 지나가던 사람들은 발걸음을 멈추었고, 집집마다 창가며 발코니에 이웃들이 나와 호기심과 두려움이 뒤섞인 표정으로 흥미진진하게 지켜보았습니다. 어쩌면 측은한 마음도 조금 섞여 있었을지 모르겠습니다.

히란마이는 교수네 집 2층 베란다로 눈길을 돌렸습니다. 자기 집에서는 그 베란다가, 그곳에 펼쳐진 일상의 풍경들이 잘 보였어요. 웃음과 음악, 이웃의 존재 따위는 안중에도 없이 삶을 즐기는 온갖 소리가 새나오던 그곳이었죠.

그랬던 베란다가 텅 빈 채 적막만 흘렀습니다. 문과 창문이 꼭꼭 닫혀 있고, 안에는 아무도 없는 것 같았습니다. 자세한 사정은 하리마티에게 들어 알고 있었습니다. 교수네 가족에게 몇 달째 집세를 받지 못한 집주인이 가재도구들을 압류해버렸다고 했죠.

모든 것을 빼앗겼습니다. 그다음엔 어떻게 되는 걸까? 가족도 결국 길바닥에 나앉게 될까요? 교수와 아내, 아직 어린 두 아이와 대학을 졸업하고 회사에 다니는 큰딸까지? 온 동네 사람이 지켜보는 가운데 교수는 수갑을 찬 채 끌려가게 되는 걸까요? 세상에, 정말 그럴까요? 불쌍한 사람 같으니, 얼마나 슬픈 일이고, 이게 무슨 난리란 말입니까?

"이게 무슨 난리람!" 히란마이는 얼른 달려가 마칸랄에게 이야기를 전했습니다. "교수가 수갑을 차고서 끌려갔지 뭐냐."

"네?"

마칸랄은 목재와 철골, 못과 나사의 수량을 머릿속으로 이리저리 계산하며 막 사무실에 나가려던 참이었는데 히란마이가 달려들어와 자세한 이야기를 풀어놓은 겁니다.

그날 마칸랄은 늦게 출근했습니다. 소식을 들었을 때 그가 무슨 생각을 했는지, 기분이 어땠는지 저는 모릅니다. 그후에 일어난 일이라면, 중간중간 비는 부분은 제 상상력으로 메워가며 친구에게 들은 이야기를 해드릴 수 있을 것 같습니다. 그가 어머니의 이야기를 듣고 베란다로 갔을 때는, 교수네 집 가재도구가 길

바닥에 더 많이 나와 있었죠. 책이 꽉 찬 책장, 식탁, 라디오, 전축, 액자에 넣은 커다란 그림까지요. 마칸랄은 그 광경을 한 번 흘긋 보고는 다시 방으로 돌아왔습니다. 히란마이도 따라와 다시 장황하게 이야기를 늘어놓았죠. "세상에, 얘야, 너무 안됐지 뭐니. 하지만 우리가 걱정한다고 무슨 도움이 되겠어. 그게 운명인걸. 버는 것도 없으면서 펑펑 써대는 걸 운명이라고 할 수 있을지는 모르겠다만." 하지만 마칸랄은 대꾸를 하지도 어머니를 똑바로 보지도 않았습니다. "참 이상하지." 히란마이가 말을 이었죠. "집에 사람이 아무도 없는 것 같지 않니? 다들 야반도주라도 한 걸까? 하긴 이 동네에 그렇게 오래 살았는데, 창피해서라도……" 어쩌고저쩌고, 어쩌고저쩌고. 그러다 무슨 말을 해도 아들의 침묵을 깰 수는 없다는 걸 깨달은 히란마이가 아무 대답이라도 돌아오길 바라며 물었습니다. "오늘은 출근 안 하니?"

마칸랄은 "음"이라고 혼잣말을 할 뿐 계속 앉아만 있었습니다. 결국 어쩔 수 없이 방에서 나온 히란마이는 상황을 살피러 다시 베란다로 갔죠. 이미 분위기는 가라앉아 있었습니다. 좀 전의 신선한 충격은 사라지고 없었답니다. 발코니에 나와 호기심 어린 눈길로 구경하던 이웃들도 모두 집안으로 들어가 분주한 아침을 보내고 있었죠. 모두 출근을 하고 식사 준비를 하느라 바빴습니다. 입이 떡 벌어져서 남의 일을 구경한다고 누가 직장에 데려다주는 것도 아니고, 계속 그렇게 놀란 채 있는 것도 쉬운 일은 아닐 테니까요. 게다가 상황이 완전히 정리되려면 시간이 꽤 걸릴 것 같았습니다. 보도 위에는 교수네 집에서 나온 세간, 그러니까 침대보가 그대로 씌워진 침대며 교수의 책상, 컵과 접시 들, 선풍기까지 햇빛 아래 힘없이 늘어져 있었죠. 계속 더 나오는 중이었습니다. 살림이라는 게 물건 몇 개로만 할 수 있는 일은 아니죠. 히란마이도 더 늦장을 부려서는 안 되겠다고 생각해 그 자리에서 지켜보는 일은 락슈미에게 맡기고 주방으로 가서 식사 준비 모습을 지켜보았습니다.

교수네를 불쌍히 여기던 이웃들이 각자의 삶으로 돌아가고, 호기심도 주방에서 들려오는 식사 준비 소리에 묻힐 때쯤, 그 놀라운 사건으로 인한 소동이 평범한 일상처럼 느껴질 때쯤, 그제야 문이 열리고 교수의 딸이 밖으로 나왔습니다. 건너편 베란다에서 미풍에 하늘거리는 사리를 입고 둔감한 마칸랄의 가슴을 움직였던 바로 그 아가씨였죠. 한동안 그녀를 보지 못했는데도 그날 마칸랄은 자기 방에 앉아서도 그게 누구인지 알아본 것 같았습니다. 네, 분명 알아보았죠. 그는 잠시 난간에 기대어 이마에 흘러내린 앞머리를 쓸어올리고 얼른 방으로 돌아왔습니다. 교수네 집 문은 다시 닫혔죠. 이어서 그가 한 행동이 조금 이상했는데, 어쩌면 여러분은 웃을지도 모르겠습니다. 왜 그랬는지는 스스로도 알 수 없었지만 어쨌든 바로 그 순간, 나중에 그가 한 말을 빌리자면, '갑자기 그렇게' 됐다는 겁니다. 그 모든 일이 저절로 벌어지는 것 같았다고요.

마칸랄은 지체 없이 서둘러 샌들을 꿰신었습니다. 볼썽사나운 모양새로 길로 나왔죠. 거의 마칸랄의 집 앞까지 나와 있는 세간이 오전 열한시의 햇빛을 받아 번들거렸습니다. 마칸랄은 그 사이를 헤집고 가 교수네 집 앞에 섰습니다. 문이 활짝 열려 있어서 그를 가로막는 것도 없었고, 계단이 눈에 들어오자 그는—아무런 망설임도 의심도 없이—곧장 2층으로 올라갔습니다. 응접실은 이제 막 짝을 잃은 사람처럼 보였죠. 달랑 그림 한 점만 그 오랜 삶의 핏빛 기억처럼 벽에 걸려 있었습니다. 옆방에선 검게 그을린 인부들이 땀을 흘리며 가재도구를 끌어내고 있었고요. 마칸랄은 성큼성큼 그들을 지나쳤습니다. 모퉁이에 방 하나가 남아 있었는데, 문은 닫혀 있었죠. 교수네 식구들은 거기에 있었던 걸까요? 노크를 했습니다. 대답이 없었죠. 다시 노크를 하고 살짝 밀자 문이 스르륵 열리고 방안 광경이 한눈에 들어왔습니다.

작은 방이었죠. 사방의 흰색 벽 말고는 아무것도 없었지만, 바닥에는 가구들이 있던 흔적이 아직 지워지지 않고 그대로였습니다. 그곳에 식구들이 모여 있었답니다. 교수와 아내와 딸, 그리고 잔뜩 움츠린 채 잠든 다른 두 아이가요. 한 아이는 다른 아이의 몸에 제 다리를 얹어놓고 있었습니다. 먼발치에서만 보던 사람들을 그렇게 가까이서, 그렇게 낯선 상황에서 보고 있자니 마칸랄은 그동안 그들과 자기 사이가 얼마나 멀었는지 새삼 깨닫게 되었죠. 거긴 왜 간 걸까요? 뭘 할 수 있다고?

그들은 모두 말이 없었습니다. 교수는 시선을 들어 그를 한 번 쳐다보고는 이내 고개를 떨어뜨렸고, 부인은 아예 보려고도 하지 않았습니다. 금방 자리에서 일어난 사람은 말라티뿐이었죠―물론 마칸랄은 그녀의 이름을 잊지 않았습니다. 몇 달이 흘렀는데도요.

말라티가 문 앞으로 빠르게 다가와 물었습니다. "당신이, 어떻게 오셨죠?"

딱딱한 말투에 그를 반기는 기색이라고는 조금도 없었지만, 마칸랄에겐 음악처럼 들렸습니다. "당신이, 어떻게 오셨죠?" 그 말은 그녀가 그를 알아보았다는, 그가 누군지 알고 있다는 뜻이었으니까요. 불안은 사라지고 용기가 그의 마음을 가득 채웠습니다. 말이 술술 나왔죠. "올 수밖에 없었습니다. 뭔가 조치를 취해야 해요."

말라티가 무슨 말인가 하려던 참이었을 겁니다. 자존심이 상해서 따지고 싶었겠죠. 하지만 마칸랄은 바로 자리를 떴습니다. 마침 집주인이 보낸 일꾼들이 가까이 있어서 그들과 이야기해

한 시간 만에 모든 문제를 깔끔하게 정리했죠. 교수도 나섰어요. 목소리는 떨렸지만 마칸랄의 도움을 받아가며 일꾼들에게 항의를 하기도 했습니다. 마침내 모든 것이 잘 정리되고, 일꾼들이 땀을 뻘뻘 흘리며 가재도구를 도로 제자리에 갖다놓고 일을 제대로 마무리할 때쯤, 교수는 고맙다는 인사도 못 할 만큼 지쳐 있었어요. 마칸랄은 그래서 오히려 더없이 고마웠습니다.

남은 하루는 순식간에 지나갔습니다. 얼마나 사랑스러운 날이던지요, 일도, 사람도, 콜카타도. 아마도 마칸랄은 그날만큼은 온 세상이 사랑스러웠을 겁니다. 세상도 그에게 한없이 친절해 보였죠. 원하는 것이 무엇이든 말 한 마디면 생겨나고, 바라는 건 눈앞에서 바로 현실이 될 것만 같았습니다. 어떤 방해도 받지 않고요. 일을 마치고 집으로 돌아가는 길도 평소와 달랐답니다. 그래야 하니까, 피로가 한계치에 다다랐으니까 돌아가던 평소와 달리 그날은 누군가, 혹은 무언가가 그가 돌아오기만을 기다리고 있는 듯했습니다. 밤 풍경과 부드러운 미풍까지 뭔가 암시하는 것만 같았죠.

교수네 집 앞에 오니 자연스럽게 발걸음이 느려졌습니다. 집 안에 불도 켜져 있고, 아래층 벽에는 평소와 다름없이 빙글빙글 돌아가는 선풍기 그림자가 비쳤죠. 분명 모든 것이 좋아 보였고 더는 어떤 문제도 없을 것 같았지만, 그래도 한번 확인해보고 싶었습니다. 그건 순수하게 선의에서 나온 마음이었을까요? 다른 뜻이 숨어 있지는 않았을까요? 여러분뿐만 아니라 누구라도 그런 생각을 하겠죠. 자, 이제 이야기를 마칠 때가 된 것 같습니다.

마칸랄이 가볍게 노크하자마자 현관문이 열렸고, 그의 눈앞에는 말라티가 서 있었습니다. 다른 사람이 나왔더라면 더 좋았겠지만 되돌리기엔 너무 늦은 상황이었죠.

"그냥 한번 와본 건데⋯⋯"

전혀 필요가 없는 말이었습니다. 마주한 사람이 아무 대답도 않는 걸 보고 미련한 마칸랄도 자기가 괜한 말을 했다는 걸 알아차렸죠.

"⋯⋯좀 괜찮으신지 해서요⋯⋯"

"들어오세요." 그녀는 환자를 맞이하는 의사처럼 말했습니다. "네, 다 괜찮습니다."

마칸랄은 집안으로 들어갔습니다. 살펴보니 다 괜찮은 것 같았죠. 벽에 걸린 그림들이며, 책장의 책, 한쪽 구석에 놓인 라디오까지 모두 평소에 그 집 앞을 오가며 보던 그대로였습니다. 한때는 그 공간만 상상하면 마냥 즐거웠지만 이렇게 아름답게 정돈된 그곳에 실제로 들어서니 온종일 그를 사로잡았던 행복도 그대로 연기가 되어 날아가는 것 같았습니다. 그 행복에는 아무 근거도, 의미도 없는 것처럼 보였죠.

"앉으세요."

마칸랄은 전혀 앉고 싶지 않았지만, 뭔가 저항할 수 없는 기운이 있었죠.

조금 떨어져 앉은 말라티가 말했습니다. "오실 줄 알았어요. 기다리고 있었습니다."

그 말을 듣자 마칸랄의 다부진 몸에 전율이 퍼졌습니다.

"여쭤볼 게 있어요."

"뭐죠?"

"왜 그러신 거예요? 가만있지만 말고 대답해주세요."

마칸랄은 따져묻는 그녀의 눈을 들여다보고 자기가 실수했다는 걸 깨달았죠.

"왜 그랬냐고요? 저도 잘 모르겠습니다."

"모르시겠다고요? 그럼 제가 말씀드리죠. 선의를 베풀고 만족감을 느끼는 게 나쁜 일은 아니에요. 기회가 닿아 가난한 사람을 도와주고 나면 멋진 기분이 들죠. 고맙다는 인사를 듣는 게 좋잖아요, 그렇죠?"

교양 있는 신식 여성의 단정한 입술에서 한 마디 한 마디 또박또박한 말들이 쏟아져나왔습니다. 그렇게 어려운 말을 한꺼번에 듣고 나니 안 그래도 미련한 마칸랄은 완전히 바보가 된 것 같은 기분이었죠. 아무 대답도 할 수가 없었습니다.

"게다가 선생님 개인적인 동기도 있었을 테죠. 우리 가족을 마음대로 할 수 있다고 생각하니 복수하는 기분이었을 겁니다."

동기든 복수든 마칸랄에게는 그저 의미 없는 소리에 불과했습니다. 어둠 속을 손으로 더듬는 사람처럼 대답을 찾아봤지만 할 말이, 할 수 있는 말이 아무것도 없었죠.

"하지만 선생님이 생각하는 그런 상황은 오지 않을 거예요. 절대로 그럴 일은 없습니다."

마칸랄이 자리에서 일어나며 말했습니다. "별생각 없었어요. 아무래도 제가 당신을 곤란하게 한 모양인데, 그런 곤란한 점은…… 잊어주십시오."

"선생님에게 돈을 갚고 나서야 잊을 수 있겠죠. 어쨌든 돌려받으실 겁니다. 시간이 좀 걸리겠지만, 돈은 꼭 갚겠습니다."

"알겠습니다."

"한 가지 더요. 다시는 이 집에 오시지 않았으면 합니다. 절대로, 무슨 일이 있어도요."

마칸랄은 현관문 앞에서 돌아보며 대답했습니다. "네, 오지 않겠습니다."

다시 거리로 나온 마칸랄은 자기 집을 지나쳐 계속 걸었습니다. 그날 밤 몇 시간이나 그렇게, 망측할 만큼 우람한 몸으로 위태위태 헤매고 다녔죠. 불 꺼진 거리의 사려 깊은 어둠은 무엇도

묻지 않고 그저 위로가 되어주었습니다.

이야기하는 내내 건축가의 낮은 목소리가 대합실 안에 울렸다. 그가 말을 멈추자 침묵을 기다렸다는 듯 밤이 더 무겁게 내려앉았다. 멀리서 마치 꿈속에서 시달리며 신음하는 듯한 기관차 소리가 안개의 장막을 뚫고 들려왔고, 그보다 훨씬 더 먼 곳에서는 고통에 찬 개 짖는 소리가 밤하늘을 갈랐다. 그 소리들이 잦아들자 델리 남자가 가볍게 기침을 하고 말했다. "그게 끝입니까?"

"더 들으실 필요가 있을까요?" 작가의 입가에 미소가 떠올랐다.

고급 관료인 델리 남자는 사람들이 자기 앞에서 굽실거리는 데 익숙할 테지만, 작가의 그런 비웃음에도 물러나지 않고 진지하게 물었다. "그래도 저는 하나 궁금한 게 있습니다. 교수가 돈은 돌려줬습니까?"

건축가는 손을 뻗어 담배를 찾았다. 무슨 동물의 발끝처럼 마디가 굵고 온통 털로 뒤덮인 손이었다. 얼굴이 너무 커서 입에 문 담배가 작아 보였다. 원래 담배를 피우지 않는지 영 어색하게 연기를 내뿜고 그가 대답했다. "제가 아는 건 여기까지입니다. 나머지는 잘 모르겠군요."

"그것도 들을 필요 없습니다." 경험 많은 작가가 한마디했다. "그후 무슨 일이 생겼는지, 그 친구가 그 아가씨를 다시 만났는지, 자신을 도와준 사람에게 모욕감을 준 아가씨의 기분이 어땠는지, 덩치만 크고 못난 그 남자를 한번 더 보려고 아래층 창가에서 책 읽는 시늉을 했는지 안 했는지, 그런 건 다 아무래도 상관없습니다. 꿈에 그리던 여자, 마음속에 품고 있던 그 여자. 우리 모두 그런 존재가 있죠. 마칸랄은 그 여자를 딱 한 번 현실에서 만나보고 싶었던 겁니다. 그것만이 진실이죠. 중요한 것은 그뿐, 나머지는 아무래도 상관없습니다. 분명히 마칸랄은 새집으로 이사해 어머니가 정해준 사람과 결혼했을 테고, 아마 지금쯤 가정을 이루었겠죠. 아이들도 있고, 여전히 돈도 꽤 많이 벌 겁니다. 하지만 그렇게 되었다고 해서 그전에 있었던 일이 없어지는 건 아닙니다. 자기만의 말라티에게서 받고 싶었던 게 뭐였든 마칸랄은 이미 얻었고, 아마 앞으로도 절대 잃어버리지 않을 테지요. 그렇게 생각하지 않으십니까?" 작가는 말을 마치며 건축가를 바라보았다.

"마칸랄은 이제 잊으시죠. 다음 이야기 들읍시다." 건축가는 커다란 이를 드러내 보이며 웃었다.

"선생님 차례입니다." 의사가 관료를 돌아보며 말했다.

델리에서 온 남자는 준비가 된 것 같았다. 못 하겠다면서 시간을 끌지도 않았다. 오랜 사무직 생활로 그런 습관이 몸에 뱄는지, 건축가의 이야기를 듣는 동안 준비를 해둔 모양이었다. 사무실에서 제시간에 업무를 처리하듯 그는 이야기도 꼭 그렇게, 낮고 부드러운 목소리로, 대단하지 않다는 듯이 시작했다……

3
가간 바란의 사연

저는 가간 바란 차터지라고 합니다. 델리와 심라에선 조금 알려진 편인데, 그냥 GB 차터지로 통하죠. 중요한 정부 문서에 GBC라는 약자가 아마 천 번쯤은 등장할 겁니다. 스물한 살 때 영국에 갔다가 스물넷에 돌아와 델리에서 직장을 잡았고, 그때부터 죽 거기서 살고 있습니다. 델리에 너무 오래 살아서 다른 곳에 사는 것은 상상도 못 하죠. 그전에 다른 곳에서 살았던 기억도 지워질 지경이니까요. 은퇴 후에는 어쩔 거냐고요? 그것도 다 준비해놨습니다. 델리의 시빌라인스*에 집이 한 채 있어요. 베란다에서 야무나 강이 보이는 집이죠. 벵골의 습한 기후가 아내

---

* 영국 통치기 고급 관료를 위해 조성된 거주지.

건강에 좋지 않거든요. 장인어른은 아그라 대학의 총장이셨습니다. 우리 아이들은 힌디어가 약간 섞인 벵골어도 쓰지만 영어를 더 자주 씁니다. 지금 여러분과 벵골어로 이야기를 나누는 것도 저에겐 꽤 낯선 상황입니다. 이렇게 벵골에서 누구를 만나는 일도 거의 없고, 딱히 갈 마음이 생기지도 않거든요. 어쩌다 한 번 콜카타에 가기는 하지만 그것도 공무 때문이고 볼일이 끝나면 그날로 돌아옵니다.

하지만 제가 태어나고 자란 곳은 벵골입니다. 그곳에서 인생의 제1장이 쓰였죠. 그때, 지금은 아득한 그 어린 시절에, 지금의 제 모습을 상상이나 했을까요? 아니겠죠. 마찬가지로 지금 저도 그 어린 소년과 수줍음 많던 청년이, 저의 맨 처음 모습이 잘 떠오르지 않습니다. 그 기억들은 모두 깔끔하게 지워진 것 같았어요. 다 잊어버린 줄만 알았는데 지금 이렇게 선생님들과 이야기를 나누고 있으니 문득 아주 또렷하게 생각이 나는군요.

벵골의 평범한 가정에서 자란 소년이 생각납니다. 나이는 열일곱, 지방의 대학을 다니고 있었죠. 입학시험 결과가 좋아 장학금을 받은 터라 모두의 기대를 한몸에 받고 있었어요. 대부분의 시간을 그 기대에 부응하기 위해 살았다고 보면 되겠습니다. 지금 절 보면 믿기 힘들겠지만, 그때는 정말로 순진했거든요. 전형적인 '착한 아이'였죠. 늘 고분고분하고 공부만 열심히 하는 학생, 누구에게나 끔찍이도 예의가 발라 심지어 다른 사람의 눈도 똑바로 못 쳐다보는 그런 학생이었습니다.

하지만 그러면 뭐합니까? 제 안에도 열일곱 살의 기운이 은밀히 흐르고 있었습니다. 사랑이라고 하셨죠. 저도 한때 사랑을 꿈꾸었습니다. 아무리 힘들여 화학공식을 익혔대도 그것과는 별개로 익혀야 할 삶의 기본공식이 있는 것 아니겠습니까. 사람들은 그런 공식의 도움을 받아 일시적으로나마 삶에 생기를 불어넣게 마련이고, 저도 예외는 아니었습니다. 교과서를 공부하는 틈틈이 소설을 수도 없이 읽었습니다. 제가 사는 작은 마을에서 구할 수 있는 거라면 뭐든지요—네, 읽었죠—선생님은 작가니까 웃겠지만요. 심지어 시도요. 시든 산문이든 연애 이야기가 나오기만 하면, 거기서 제 심장은 양분을 얻는 것 같았죠—얼마나 낯선 감정이던지요. 세상의 그 어떤 글도 제 마음을 가라앉힐 수는 없을 것 같았습니다. 사랑에 대해 들으면 들을수록 사랑을 향한 제 마음은 더 간절해졌죠.

이제는 사랑 이야기를 아무리 들어도 아무렇지 않습니다. 아무것도 들리지 않아요. 설령 그런 이야기가 들려온다 해도 제가 귀기울이지 않죠. 하지만 열일곱 살 때, 파키에게서 그런 이야기를 들을 때면 아름다운 피리소리가 흘러나와 하늘을 가득 채우는 것 같았습니다.

네, 그 아득한 열일곱 살 시절 파키는 저를 좋아했습니다. 지금 이렇게 말을 하니 그녀의 모습이 또렷하게 떠오르네요. 눈앞에서 그녀가 다시 살아나는 것만 같아요. 검은 눈. 사랑이 태어나는 것도 그 눈에서고, 사랑이 생명을 얻는 것도 그 눈에서였죠. 너무나 보수적인 시절이라 마음을 표현할 방법이 달리 없었습니다. 저는 그저 사람들이 모여 이야기를 하면 그 자리에 낄 뿐이었고 그녀도 마찬가지였어요. 한 마디라도 직접 말을 주고받았던 기억은 없습니다. 아니 어쩌면, 그렇게 눈빛을 주고받았던 것도 대화라면 대화였겠죠. 우리가 느끼던 어떤 허기를 채워주는 대화요. 적어도 우리는 그 이상을 바라지 않았고, 그럴 기회도 없었습니다.

그런데 바로 그 파키가 어느 날 밤 말을 걸어왔죠. 지금처럼 추운 겨울밤이었습니다.

새벽 세시쯤 되었던 것 같습니다. 한번 상상해보십시오. 작은 마을에 광활한 벌판을 가르는 길이 있고, 안개가 온통 내려앉았고, 하늘에 걸린 초승달이 창백하게 빛나고 있었습니다. 철도 클럽에서 상연한 연극이 막 끝난 참이었죠. 중요한 연례행사라 온 마을 사람들이 구경을 왔어요. 열을 올리는 건 여자들이고, 남자들은 그냥 데려다주러 온 경우가 대부분이었습니다. 그런 중요한 임무를 그날 밤은 제가 맡았습니다. 아직 어렸지만 그저 남자라는 이유로요. 집안 어른들은 가기 싫어했거든요. 당시 저는 일을 나가지 않았고 시험을 앞두고 있는 것도 아니라 말하자면 만만했고, 그래서 집안 여자들이 저를 끌고 간 거죠. 저라고 딱히 가고 싶었던 건 아니었지만 그때는 내키지 않는 일도 그냥 해버리는 게 거절하는 것보다 더 간단해 보였습니다.

그때만 해도 여자들은 칸막이 뒤에 앉아야 했지만, 그렇다고 말소리까지 차단할 방법은 없었죠. 모습은 보이지 않아도 그들이 떠드는 소리는 들렸습니다. 키득키득 웃고, 이야기를 나누고, 자리를 차지하려고 싸우고, 연극을 평가하고, 아이들을 나무라는 온갖 소리가 뒤섞여 들렸습니다. 무대에서도 배우들이 고함을 질렀습니다. 꾸벅꾸벅 졸던 저는 마치 두 편의 연극을 동시에 보고 있는 것 같았죠. 아니, 세 편일까요. 무대 가까이 앉아 있어서 배우들에게 대본을 읽어주는 소리까지 들렸으니까요. 물론 드라우파디와 빔센* 역을 맡은 배우들이 무대 옆에서 담배를 피우는 모습도 볼 수 있었습니다. 그 세 가지 소음이 끊임없이 이어지면서 잠잠해질 기미가 없었죠. 몇 번을 졸다 깨도 연극은 좀처럼 끝나지 않았습니다.

마침내 연극이 끝나고 사람들은 입을 모아 대성공이었다며 칭

---

* 드라우파디와 빔센은 인도의 서사시 「마하바라다」의 등장인물이다.

찬했지만, 한 가지 아쉬운 건 12월이라 동이 틀 때까지 자리를 지킬 수 없다는 점이었죠. 슬슬 집에 돌아가야 했습니다. 교통편이 아예 없어서 사람들은 무리지어 걷기 시작했죠. 어느 정도까지는 모두 방향이 같았습니다. 다들 아는 사이라 여자들의 수다는 멈출 줄 모르고 이어졌어요. 마치 연극이 끝나지 않고 그들을 따라 계속되는 것 같았죠. 그때 갑자기 판사의 차가 굉음을 내며 지나갔고, 순식간에ㅡ저는 그렇게 느꼈는데요ㅡ주위가 조용해졌습니다. 공기는 살을 에듯 차갑고, 죽은 것처럼 창백한 달빛 아래 벌판이 사방으로 펼쳐져 있었죠. 나무와 그 그림자가 분간이 되지 않고 터덜터덜 걷는 사람들조차 그림자와 하나가 된 것 같았습니다. 얼마 동안 저는 옆에 아무도 없이 혼자 걸었죠. 함께 왔던 집안 여자들은 뒤처진 것 같았어요. 추위 때문에 발걸음이 빨라졌고, 그렇게 걷는 게 즐거웠습니다. 불과 몇 분 전에는 금방이라도 곯아떨어질 것 같더니 이제 잠기운은 싹 달아나고 없었죠. 탁 트인 그 벌판에서, 안개가 자욱한 그 밤에, 몸안의 모든 세포가 나는 지금 깨어 있다고, 살아 있다고 말하는 것만 같았습니다.

제가 너무 빨리 걸었던 걸까요? 제 할 일을 내팽개치고 있던 걸까요? 하긴 이제 막 변성기를 지난데다 수염이 나기 시작한 어린애가 옆에 있어봤자 무슨 도움이 되겠습니까. 도움은커녕 짐만 됐을 겁니다. 하지만 그래도 제가 필요한 상황이면 어쩌나 싶었습니다.

숨을 고르려고 잠시 멈춰서서 뒤를 돌아보았습니다. 여자들 무리는 한참 뒤처져 있었고, 안개 때문에 잘 보이지도 않았죠. 그런데 누군가 빠른 걸음으로 저를 향해 다가오는 것 같았습니다. 누구지? 여자아이였습니다. 분명 우리 어머니의 꾸지람이나 형수님의 부탁을 전하러 오는 거라고 생각했죠.

아이가 가까이 왔을 때야 파키라는 걸 알았습니다.

"무슨 일이야?" 제가 물었죠.

"꼭 무슨 일이 있어야 돼?" 그녀가 대답했습니다.

"그러면?"

"뭐가 그러면이야?"

"왜 왔냐고."

"사람들이 너무 천천히 걷잖아!"

저는 놀랐습니다. 어쩌나 당돌하던지요! "말은 하고 온 거야?"

"응."

"뭐라고들 하시던?"

"뭐라고 했을 것 같은데?" 파키는 답답하다는 듯 고개를 설레설레 흔들었습니다. 희미한 달빛 아래서 저는 새로운 눈으로 그녀를 보았죠.

"그게 무슨……"

파키가 제 말을 끊었습니다. "계속 여기 서 있을 거야?"

그게 그녀와 나눈 첫 대화였습니다. 문득 충만감이 찾아왔죠. 마치 묵직하고 심오한 무언가가 제 안에 자리잡은 것 같았어요.

우리는 다시 걸었습니다. 나란히요. 하지만 가는 내내 말은 없었죠. 제 걸음이 좀 빨랐을 텐데 파키는 단 한 번도 "천천히 가"라고 하지 않았어요. 그냥 제 속도에 맞췄죠. 그녀는 열네 살이었는데, 당시 기준으로 보면 다 자란 거였고, 같은 기준으로 꽤 의젓한 친구였습니다. 하지만 얌전함과는 거리가 멀었어요. 그녀는 그렇게 저를 따라 한없이 걷고 또 걸을 것 같았습니다. 집들을 지나고, 마을을 지나고, 작고 친숙하던 세상 너머 알 수 없는 어딘가로 가버릴 수도 있을 것 같았죠.

순진한 젊은 시절엔 온갖 생각이 떠오르게 마련이죠. 당연한 거 아니겠습니까? 우리는 포장도로를 벗어나 벌판 사이로 꼬불꼬불하게 난 길을 걷고 있었습니다. 숨이 좀 찼고, 걸음을 옮길 때마다 발을 찌르는 가시가 마치 심술궂게 장난치는 것처럼 느껴졌어요. 사방에서 풀과 이슬, 흙 냄새가 풍겼죠. 그렇게 꿈속을 걷는 듯한 시간이 흐르고, 어느새 벌판도 다 지나 집 근처에 이르렀습니다. 곤히 잠든 집들 옆엔 연못이 하나 덩그러니 있었는데, 거기에 마치 훔쳐온 것처럼 달이 담겨 있더군요. 모퉁이를 하나만 돌면 파키네 단층집이었습니다. 우리집이 바로 그 옆이라 두 가족은 아주 친하게 지냈어요. 모두가 친구인 시절, 모두가 행복한 시절이었습니다. 제 나이쯤 되면 이게 제일 안 좋아요. 행복은 모두 과거에 있었던 것 같으니 말입니다.

뒤돌아보니 따라오는 가족들은 나타날 기미가 없었습니다. 우리는 거기 그렇게, 가장 추운 한겨울 이른 새벽이지만 봄기운을 실은 산들바람이라도 불고 있다는 듯 말없이 서 있었어요. 숨이 찼고 먼 길을 걸어와서 몸에서 열도 좀 났죠.

얼마 있다 제가 말했습니다. "너 들어가야겠다."

"금방 들어갈 거야."

저도 그러고 싶었습니다. 하지만 그때까지는 조금도 걱정되지 않던 가족들이 그렇게 익숙한 동네에, 익숙한 집 앞에 오니 떠오른 거죠. 아무래도 잘못한 것 같았어요. 야단맞아도 쌌죠. 그래서 거기 그렇게 파키와 함께 가족들을 기다리다 꾸지람이나 얌전히 들어야겠다 싶었습니다.

그때 파키가 입을 열었습니다.

"우리집이 더 멀리 있었으면 좋았을 텐데…… 그렇지?"

저는 대답했죠. "그래도 길은 언젠가 끝나."

파키가 저를 힐끗 봤습니다. 달빛을 받은 눈이 반짝거렸죠. 그녀는 고개를 돌리며 묻더군요. "걸어오는 동안 무슨 생각 했어?"

"모르겠는데."

"나는 말이야, 이런 생각을 했어. 지금 걷는 이 길이 참 사랑스럽다고. 하지만 우리가 계속 걷고 있기 때문에 이 길은 끝나겠구나, 라고."

그때는 그 말이 우습게 들렸습니다. 하지만 지금 생각해보면 열네 살짜리 소녀가 자기도 모르는 새 아주 현명한 이야기를 한 거죠. 우리 존재라는 게 그렇지 않습니까. 살아간다는 건 삶을 갉아먹는 거고, 우리가 사랑하는 그 모든 길은 우리가 그 길을 걸어가기 때문에 끝나는 거겠죠.

"다른 생각도 했는데." 파키가 말을 이었습니다. "그건 얘기 안 할래. 오빠가 비웃을까봐."

"해봐." 저는 그러니까, 대학에 다니는 어른이랍시고 허락을 해줬죠.

"아냐, 못 해."

"왜 못 해?"

"잊어버렸어."

"그렇게 금방?"

"내가 원래 그래. 오빠한테 할말이 정말 많은데 정작 하려고 하면 하나도 생각이 안 나."

"하나도 생각이 안 난다고?"

"응. 내가 오빠를 좋아하니까, 그래서 그런 거야. 다 잊어버린 다고."

그녀의 말에 저는 떨렸습니다. 파키의 얼굴을 보지 않으려고 고개를 돌렸죠. 길 끝으로 동네 여자들이 나타나더군요. 안심이 되었어요. 파키가 또 무슨 말을 할지 누가 알겠습니까?

둘이서 먼저 가버렸다고 야단맞았냐고요? 기억이 안 납니다. 사람들이 뭐라고 하긴 했는데 한 마디도 들리지 않았으니까요. 헤어지면서 파키가 했던 인사 외에 다른 말이 들어올 자리가 없었죠.

그날 밤 저는 잠을 이룰 수 없었습니다.

가간 바란은 말을 멈췄다. 나머지 세 남자는 꼼짝도 하지 않았다. 그들이 이야기를 듣고 있는지 아닌지는 알 도리가 없었다. 건축가는 코트 깃을 세워 귀를 덮고 있었고, 담요로 허리 아래를 덮은 의사는 졸린 눈빛이었다. 작가는 의자에 등을 기대고 앉아 천장만 바라보고 있었는데, 그의 손가락 사이로 담배 연기가 피어올랐다. 손을 입으로 가져가는 것을 보니 깨어 있는 게 분명했다. 하지만 델리의 관료는 그들을 보지 않았다. 그는 맞은편 벽을, 그곳에 남은 이야기가 적혀 있기라도 한듯 가만히 바라보았다. 보이지 않던 과거의 기록이―이미 잊어버렸다고 생각했지만 실은 잊지 않았던 그 일들이—그의 눈앞에 서서히 떠올랐다. 그는 부드러운 목소리로 느릿느릿 다시 이야기를 시작했다.

또다른 날도 떠오릅니다. 이번에도 역시 낮이 아니라 밤이군요. 여전히 달이 비쳤지만 이번에는 겨울 안개 사이로 빛나는 달이 아니라 미친듯이 더운 한여름의 보름달이었죠. 그때는 콜카타에 살고 있었고 이학 석사 2학년이었어요. 그 전해에 큰형이 콜카타 시암바자르로 이사를 와서 저도 기숙사를 나와 형 집에서 함께 지냈죠. 그런데 그 집에 파키가 와서 하룻밤 묵기로 한 겁니다. 새신랑이 있는 쿠르세옹에 가는 길에 들른 거였어요.

그녀의 결혼식은 성대했습니다. 수학에만 빠져 지내던 저는 낭만과는 점점 더 멀어졌고 이젠 소설을 읽어도 예전처럼 감동을 받지는 않았지만, 그렇다고 파키의 결혼 소식에 마음이 조금도 아프지 않았다고 하면 이상한 일이겠죠. 어찌어찌 머릿속으로 그녀에게 따져보기도 했어요, 어떻게 나를 배신할 수 있느냐고요. 하지만 사실은 고통스럽지도 화가 나지도 않았습니다. 책에 나오는 이야기들과 달리 제 마음은 아무렇지도 않았어요. 사실 그런 저 자신에게 조금 실망했을 정도였죠. 저는 당당한 모습으로 아래층으로 내려갔고, 제가 아는 한 파키 역시 한숨 한 번 쉬지 않았어요. 신임 차석 치안판사가 남편인걸요.

아마 파키가 한숨 쉴 이유가 뭐 있겠느냐고 생각하실 테죠. 그 모든 게 사춘기 때 반드시 겪는 일이고, 시간이 지나면 저절로 치유되는 것이니까요. 누가 그런 일로 나중까지 속을 태웁니까? 네, 확실히 저는 유치했습니다. 세상에 아이들이 존재하는 한 그런 유치함도 사라지지 않겠죠. 지금 아무리 나이가 들었다고 해도 그런 과거를 부정할 수는 없는 거예요. 사실, 우리 둘 다 결혼을 생각하지는 않았죠. 그럴 만한 사이도 아니었고, 그건 우리도 마음속으로는 알고 있었어요. 하지만 그렇다고 해서 우리 사이가 빈약하고 얄팍한 것이었다고, 그냥 희미해질 관계였다고 할 수 있을까요? 그렇다면 왜 지금 갑자기 파키 생각이 나는 걸까요. 이렇게 오랜 시간이 흐른 후에, 이렇게 낯선 장소에서, 낯선 시간에 말입니다.

파키는 콜카타에 친척이 없지 않았지만 꼭 우리집에서 머무르고 싶다고 했어요. 딱히 그 이유를 생각해본 적은 없습니다. 형수님이 유난히 그녀를 좋아했고, 그녀도 우리 가족 모두를 좋아했으니까요. 그것 말고 다른 이유가, 더 큰 진짜 이유가 있었다고 해도 저는 그걸 인정할 용기가 없었죠.

네, 용기가 없었습니다. 저녁나절에 도착한 파키를 저는 그냥 지나치듯 한 번 보았을 뿐이에요. 잘 지내느냐는 인사가 우리 대화의 전부였습니다. 그러고서 그녀는 온통 다른 사람들, 특히 여자들 차지가 되었죠. 여자들에게 이제 막 결혼한 여자보다 더 관심을 끄는 존재는 없으니까요. 일곱 살이든 일흔일곱 살이든 말입니다. 늦은 시간까지 모두 베란다에 앉아 달빛을 받으며 수다를 떨었고, 저는 기숙사에 사는 친구들을 만나러 밖으로 나와버렸죠. 친구들과는 그런 식으로 자주 만났지만 그날 밤은 각별했고, 한 사람 한 사람이 영혼을 나눈 친구처럼 느껴졌습니다. 모두 하나같이 제가 그렇게 활기차 보이는 건 처음이라더군요. 활기? 그 느낌을 뭐라고 표현하면 좋을까요? 즐거움? 네, 심장박동이 빨라지고 두려움은 사라지는, 특별한 즐거움이었습니다. 구두쇠가 자신의 보석에 대한 생각을 지울 수 없듯이, 자기만 아는 곳에 그것을 숨겨두었다는 사실에서 즐거움을 느끼듯이 저도 저만의 보석을 가진 것 같아 기뻤습니다. 차이가 있다면 구두쇠는 그 보석을 잃어버릴까 두려워하는데, 저는 그걸 눈으로 확인하게 될까봐, 손에 넣게 될까봐, 완전히 제 것으로 만들까봐 두려워했다는 점이죠. 집으로 돌아오는 내내 제 가슴이 더욱 세차게 뛰었던 건 바로 그래서였습니다. 즐거움과 희망, 불안, 행복이 뒤섞인 감정이었죠.

달빛이 환하던 그 여름밤은 정말로 불가사의했습니다.

저녁을 먹고 저는 제 방으로 들어갔죠. 여자들은 다시 우르르 베란다로 나갔습니다. 방에 앉아 있으니 여자들의 말소리와 웃음소리가 들렸어요. 파키도 그 부드러운 목소리로 웃음을 터뜨렸죠. 밤이 깊어지면서 여자들의 대화는 시들해졌습니다. 저는 스탠드 앞에 앉아 두꺼운 책을 펼쳤습니다. 정말 책을 읽었지요. 읽으려고 애썼고 간간이 책장을 넘기기도 했지만, 다음날 아침이 되자 무슨 내용이었는지, 심지어 그 책이 무엇이었는지 하나도 기억나지 않더군요.

그사이 하인들이 있던 주방도 잠잠해지고, 베란다의 모임도 마침내 끝났습니다. 저는 방에 앉아 사람들이 흩어지고 여기저기서 문이 닫히는 소리를 들었죠. 거리는 진작 조용해졌고, 마침내 정적이 찾아왔습니다. 그때까지도 저는 책을 펼쳐둔 채 그대로 앉아 있었습니다.

그런데 난데없이 파키가 제 책상 옆에 나타났습니다. 그녀를 보자마자 깨달았죠. 제가 잠자리에도 들지 않고 기다렸던 건 바로 그 순간이라는 걸요. 네, 숨기려고 해봤자 소용없겠죠. 저의 강렬한 갈망이 전해져 그녀가 나타난 것만 같았습니다. 그녀도 어쩔 수 없었다고, 달리 선택의 여지가 없었다고 생각했습니다. 그래서 저는 놀라지도 않았어요. 아무 말도 않고, 그저 침묵 속에서 그녀를 바라보기만 했습니다.

그녀가, 그날 밤 제가 본 파키가 어땠냐고요? 깡말랐던 열네 살 소녀와 지금 막 피어나는 새 신부, 그 둘이 비교나 될까요? 그날 밤 그녀는 온갖 보석으로 장식한 파란색 비단 사리를 입고 있었습니다. 보석이라면 진저리를 치는 저지만 그날 밤은, 그날 밤만큼은 결코 나빠 보이지 않더군요. 보석이 잘 어울리는 사람도 가끔 있는 법이니까요.

먼저 입을 연 건 파키였습니다. 그녀의 말을 생생히 기억해요.

"나도 이제 숙녀인데, 보면 자리에서 일어나야지."

저는 순순히 자리에서 일어났습니다.

"이렇게 늦게까지 책 보는 거야?"

저는 대답 대신 책상 위에 펼쳐진 두꺼운 책을 힐끗 봤죠.

"책 읽느라고 안 잔 거야?"

부끄러운 마음에 고개가 절로 숙여졌습니다. 잠시 침묵이 흘렀죠. 옆방에서 째깍거리는 시계 소리가 들렸어요. 그리고 다른 소리가 하나 더 있었는데, 아마 제 마음속에서 울리는 소리였던 것 같습니다. 낯선 소리였죠.

파키가 다시 말을 했죠. "곧 외국으로 간다고?"

"그럴 계획이야."

"얼마나 오래 있을 건데?"

"최소한 이 년. 더 길어질 수도 있어."

"언제 가?"

"9월."

거기 그렇게 서서 그 말만 주고받았습니다. 다시 침묵이 내려 앉았죠. 그녀의 얼굴을 바라보고 싶은 마음이 몇 번이고 들었어요. 똑바로, 얼굴을 맞대고, 제대로 보고 싶었지만 정체 모를 부끄러움 때문에 그럴 수가 없었습니다. 계속 고개를 돌리고 있어도 제 마음은, 제 온 마음은 그녀가 거기, 가까이, 아주 가까이 있다는 걸 알고 있었단 말입니다. 하지만 그것도 잠시뿐이겠죠.

갑자기 파키가 걸음을 옮겨 제 앞에 섰습니다. "오빠." 그녀가 말했죠.

저는 고개를 들고 그녀를 바라봤습니다. 표정이 아주 진지하다 못해 엄숙해 보일 정도였죠. 그리고 가슴이 들썩일 정도로 크게 숨을 쉬고 있었어요. 주변은 너무 고요하고 파키는 너무 가까이 있어서 말 그대로 그녀의 숨소리까지 들렸습니다.

"훌륭한 사람 돼야 해." 파키가 불쑥 말했습니다. "앞으로는 이렇게 늦게 자지 마. 병날지도 몰라. 어서 자. 나도 그만 가봐야겠다."

저도 뭐라고 말을 하고 싶었지만, 한 마디도 나오지 않았죠.

"불은 내가 나가면서 끌게."

그녀의 손이 스탠드에 닿자 순간 다른 세상으로 들어선 것만 같았습니다. 검푸른 달빛이 살아 움직이는 것 같고 제 방은 더이상 제 방이 아니었죠. 그녀의 파란색 사리가 거의 검은색으로 보였고, 움직일 때마다 그녀의 눈에선 빛이 나고 입술은 달빛으로 물들었어요. 그런 그녀의 모습을 바라보고 있는데, 그녀가 기다란 팔로 부드럽지만 단호하게 저를 꼭 껴안았죠. 그렇게 꼭 껴안은 채 몇 번이고 제 입술에 키스했습니다. 눈이 감겼고, 그대로 숨이 멎는 듯했죠. 죽음을 맛본 기분이었습니다.

잠시 후 그녀가 팔을 풀고 물러나며 말했죠. "더는 줄 게 없어."

그러고서 파키는 나갔어요. 그날 밤도 저는 잠을 이루지 못했습니다.

가간 바란은 다시 이야기를 멈췄다. 자기 잔에 커피를 따르려 했지만, 실망스럽게도 커피는 이미 다 마시고 없었다. 대신 그는 담배에 불을 붙였다. 한 대 피우고 싶은 생각이 간절했는지 한 모금 길게 빨아서 폐 속을 채웠다가 천천히 연기를 내뿜었다.

작가가 자세를 바꿔 앉으며 물었다. "그래서요?"

다른 사람의 목소리에 가간 바란은 놀란 듯했다. 조금은 부끄러운 것 같기도 했다. 어떤 착각에 빠져서 이 이야기를 꺼내놓은 걸까? 상관없다. 이제 와서 무슨 상관이랴. 이 사람들을 다시 만날 일은 없을 것이다. 그는 다시 눈앞의 현실로 돌아오려고 애썼다. 델리를, 자신의 일을, 아내와 아이들을 생각하려고 애썼다. 하지만 그 순간만큼은 그런 것들이 하나도 중요하지 않았다. 그의 머릿속에는 방금 꺼내놓은 이야기 속 사건들만이 메아리치고 있었다.

담배를 왼손에 옮겨 쥐며 그가 다시 이야기를 시작했다.

그리고 저는 외국으로 나갔다 돌아왔습니다. 취직하고, 결혼하고, 아이를 낳고, 승진도 하고, 저도 모르는 사이 나이도 먹었죠. 그러니까 다른 사람들과 마찬가지로 제 인생도 정해진 대로, 그렇게 시시한 궤도를 따라온 거죠. 네, 아무리 자기 관리를 열심히 해도, 건강한 생활을 하고 좋은 걸 먹어도, 치과와 다른 병원을 부지런히 찾아다녀도 때가 되면 늙게 마련입니다. 누구도 예외는 없죠. 저도 벌써 흰머리가 났어요. 한눈에 안 보일지 몰라도 그걸 얼마나 오래 숨길 수 있겠습니까? 부끄러운 말이지만, 저는 흰머리가 생겨 뿌듯하다거나 하지는 않습니다. 머리가 세기 전에 세상을 떠나는 사람들이 차라리 운이 좋은 거라고 생각해요.

파키를 다시 만나지 못했다고 해서 나쁠 건 하나도 없었겠죠. 오히려 만나지 않는 편이 이런 이야기에는 더 잘 어울리지 않았을까 싶습니다. 하지만 그녀와 마주쳐도 가슴 설레던 시절의 기억은 떠오르지 않았어요. 몇 년에 한 번씩은 꼭 보게 되었습니다. 모두 특별할 것 없는 짧은 마주침이었죠. 파키는 점점 더 살이 졌습니다. 판을 너무 자주 씹는 것 같긴 했지만, 늘 활기찬 모습이었어요. 자식들과 집안일에만 푹 빠져 아주 행복하게 지냈죠. 파키의 딸도 한 번 본 적이 있습니다. 한창 클 때였는데, 엄마와 똑같더군요. 어린 시절의 엄마와 말입니다.

그 딸아이의 결혼식에서 파키를 마지막으로 봤습니다. 한 삼 년쯤 전이었죠. 결혼식은 콜카타의 마두로이 레인에서 열렸어요. 델리에 있는 저한테도 인쇄한 청첩장을 보냈더군요. 제 아내에게도 손글씨로 몇 줄 적어서요. "친애하는 부인, 와주신다면 정말 기쁘겠습니다"라고 말입니다. 파키는 제 아내도 두어 번 만난 적이 있었으니까요. 수녀원 부속학교를 나온 제 아내는 파키가 좀 촌스럽다고 생각했지만, 파키는 언젠가 제게 "와, 오빠, 정말 결혼 잘했어"라고 하더군요.

마침 그때 저는 공무로 콜카타에 갈 일이 있었습니다. 결혼식에 갈지 말지 고민하다가 결국 가기로 했어요. 그때쯤 콜카타는 제게 외국이나 다름없었죠. 하루이틀 일정으로 출장을 가면 호텔에 묵으면서 저녁엔 영화를 보고, 공무원 외엔 아무도 만나지 않았어요. 그런데 이번에는 다른 일, 정부 청사 외에 갈 곳이 생긴 겁니다. 썩 나쁜 기분은 아니었습니다. 결혼식 날짜를 기억해두었다가 일찍 가서 다른 하객들이 도착하기 전에 볼일을 마치고 돌아오려고 했습니다. 도티*도 없었죠. 제 옷장엔 이제 그런 물건도 남아 있지 않고 해서 결혼식에 좀 어울리진 않아도 양복을 입고 갔습니다.

바와니푸르에 있는 마두로이 레인을 찾기까지 꽤 오래 걸렸어요. 콜카타가 많이 변해서 어디가 어딘지 알 수가 없었습니다. 선물로 준비한 바라나시 사리를 들고 결혼식장에 도착했을 때는 이미 저녁 무렵이었죠. 환한 조명과 장식, 셰나이** 소리에 화려한 옷차림의 젊은 남녀들, 은은하게 풍기는 튀김 냄새까지, 그렇게 완벽히 전통적인 분위기는 실로 오랜만이었습니다. 제가 있으면 안 되는 곳에 온 것처럼 쭈뼛거리고 있자니 모르는 청년이 "어서 오십시오"라고 인사하며 맞아주더군요.

제가 말했습니다. "저는 누구누구이고 델리에서 왔는데, 혹시 누가……"

몇 분 후 열다섯 살쯤 돼 보이는 소년이 저를 2층으로 안내했어요. 파키의 아들인 모양이라고, 저는 대충 짐작했습니다.

파키는 제가 와서 진짜로 놀란 듯 지나치다 싶을 정도로 기뻐했습니다. 밝게 인사를 주고받은 다음 제가 말했죠. "오래는 못 있을 것 같아."

---

* 천 한 장을 허리에 둘러 입는 인도 남성의 전통 하의.
** 오보에와 비슷한 인도의 전통 관악기.

"괜찮아요, 괜찮아. 늦게까지 잡아두진 않을게."

그러더니 파키는 방 한구석에 저만 혼자 남겨놓고 사라졌습니다. 하지만 오래지 않아 저와는 세대가 다른 어르신들이 하나둘씩 제 주변에 모였죠. 할아버지, 할머니 들이요. 머리가 다 벗어진 사람이 있는가 하면 눈이 침침하다는 사람도 있었어요. 모두 마지막으로 본 이후 한꺼번에 늙어버린 것만 같더군요. 한 명 한 명 이야기를 시작했습니다. 다들 조금씩 말을 아끼는 것 같았지만 오랜만에 저를 만나서 반가워하고 있다는 건 분명히 알 수 있었죠. 저도 행복했습니다. 젊은 날의 저를, 어린 날의 저를 아는 분들, 그분들에게 살 날이 얼마나 남았을까요? 머지않아 저는 나이가 든 저를 아는 사람, 그러니까 저보다 젊은 사람이나 기껏해야 저와 동년배들의 기억에만 남게 되겠죠. 종종 그런 집안 모임에서는 제가 살아온 세월을 잊어버립니다. 그분들과 이야기가 잘 통해서 놀라기도 하고요. "걔는 어떻게 됐지? 그럼 그 여자애는? 누구누구는 무슨 소식 없나?" 그런 이야기를 나누고 있자니 오래된 기억이 더 많이 떠올랐어요. 즐거운 기억들도 몇몇 있었죠. 제가 그렇게 많은 것을 기억하고 있다는 걸 그제야 깨달았습니다.

잠시 후 파키가 다시 나타났습니다. 작은 그릇들을 반원 모양으로 늘어놓은 엄청나게 큰 쟁반을 들고 들어왔죠. 세상에. "괜

찮다는 말은 마세요. 다 드셔야 돼요." 다짜고짜 그렇게 말하더
군요. 할아버지 할머니 들도 거들어주시겠다 저는 신부처럼 고
개를 숙인 채 조금씩 한 입 한 입 거의 다 먹었습니다.

예정보다 훨씬 오래 머물렀어요. 신부도 만나보고, 갖고 온 선
물이 예쁘다는 소리도 들었습니다. 여기저기서 셀 수도 없을 만
큼 많은 아이들이 와서 인사를 했습니다. 결국 그 두 시간 동안
맛봤던 대가족이 주는 기쁨이 어쩌면 남은 평생 저를 포근하게
감싸줄 것 같은 느낌을 받았죠.

마침내 신랑이 도착할 시간이 되자 온 집안이 술렁거리고 셰
나이 연주가 다시 시작되었습니다. 저는 자리에서 일어났죠. 파
키가 다른 사람 몇 명과 함께 문까지 나와 배웅해주더군요. 문가
에 서서 우리는 이런 말을 주고받았던 것 같습니다.

"뭐, 어쨌든 다시 만났네요."

"그래. 결혼식은 못 보고 가네. 마음에 두지 마."

"내일 돌아간다고요?"

"응."

"이거 갖고 가요." 파키는 제게 비스킷 통을 건넸습니다.

"뭔데? 꽤 무거워 보이네."

"부인이랑 애들 줄 과자 좀 넣었어. 꼭 갖고 가야 돼요."

"알았어. 콜카타 과자는 유명하잖아. 전 세계에서 최고지. 다

들 좋아서 정신 못 차릴 거야."

"휴가 때 가족들 다 데리고 콜카타에 한번 놀러오지그래요?"

"그래, 그러지 뭐…… 내 일이…… 알았어. 그럼 이제 갈게……"

나가려고 걸음을 옮기려 할 때, 누군가—아마 뒤에 있던 할머니 중 한 분이었던 같은데—하는 말이 들렸습니다. "어머, 너도 흰머리가 났구나!"

가볍게 받아넘기려는데 파키가 손으로 제 어깨를 살짝 만지며 말했죠. "그러네요, 우리 가간 바란 오빠도 이제 흰머리가 나네."

대수롭지 않은 말이고, 대수롭지 않은 상황이었지만, 저는 그렇게 말하던 그녀의 모습을 평생 잊을 수 없을 겁니다. 절대로요! 그 말에서, 가볍게 제 어깨를 스치던 그 손길에서, 파키가 여전히 저를 사랑하고 있다는 걸 깨달았으니까요. 아마도 제 평생 사랑이 무엇인지 순간적으로나마 깨달은 것은 바로 그때 한 번뿐이었을 겁니다.

거리로 나왔을 때, 희미하게 들리는 셰나이 소리에 기분이 우울해졌습니다.

"멋진 이야기입니다. 아……주 멋져요." 건축가가 말하고는 크게 한숨을 쉬었다.

작가가 말했다. "하지만 교훈은 분명하군요. 잃어버린 것을 그

78

리워한다, 뭐 그런 거죠. 사랑은 저멀리, 어딘가 다른 곳에 있다. 어쩌면 그것이 사랑하고 싶은 마음에 지나지 않더라도, 진짜가 아닌 상상에 지나지 않더라도. 그런 견해를 시대를 불문하고 퍼뜨리는 사람들이 있는데, 저는 동의할 수 없습니다."

"저기요, 저는 견해고 뭐고 모릅니다." 텔리 남자가 말했다. "저도 그런 생각은 안 해요. 먹고 마시고 즐겁게 지내자는 거 말고 다른 견해 같은 건 없습니다."

"그 점에 관해서라면 우리 모두 뜻이 같습니다." 건축가가 미소를 띠며 말했다.

"두 분 다 슬픈 이야기를 하셨군요." 의사가 웃으며 장난스레 말을 꺼냈다. "이제 행복한 이야기 하나 들어보시겠습니까?"

"좋죠, 좋습니다."

"제가 결혼하게 된 사연입니다. 젊은 나이에 죽은 사람들을 제외하면, 모두—뭐, 모두라고 할 수는 없겠지만, 대부분은—결국 이런 사람 저런 사람을 만나 결혼하게 마련이죠. 그것 자체는 뭐 특별할 게 없습니다. 하지만 제 결혼은 진짜 흥미로운 점이 있었거든요. 형편없는 이야기는 아닐 겁니다."

"자, 겸손 차리실 거 없습니다. 한번 들어봅시다."

의사가 이야기를 시작했……

4
의사 아바니가 결혼한 사연

저는 개업한 지 일 년도 안 돼서 결혼했습니다. 그렇게 젊은 나이에 결혼하게 될 줄은 몰랐죠. 다르마탈라에 병원을 열고 전화도 놓고 작은 차까지 한 대 마련했지만, 정작 환자는 없었어요. 따져보니 아버지가 돌아가시면서 외아들인 제게 물려주신 유산은 오 년 정도면 바닥날 것 같았습니다. 그때까지도 자리를 잡지 못한다면, 그것만큼 부끄러운 일도 없었겠죠.

일 년에 최소한 천 루피를 벌기 전까지는 결혼은 생각도 하지 않겠다고 마음먹었습니다. 월급 60루피짜리 직장을 잡았다고 후닥닥 결혼부터 하는 사람들을 보면 가슴이 철렁했어요. 결혼이야 좋죠. 하지만 양육비나 병원비 같은 문제는 어쩐단 말입니까? 아내가 갑자기 뭘 갖고 싶다고 할 수도 있고 본인이 필요한 것도 있잖아요. 뭐 어찌어찌 그런 걸 다 해결했다고 칩시다. 그 사소한 말다툼이며 속 타는 일들, 실랑이는 또 어쩝니까? 그런 건 저한테 안 맞는다고, 적어도 저는 그렇게 생각했습니다. 하지만 현실은 다르게 돌아갔죠.

대학을 졸업하던 해 어머니가 돌아가셨습니다. 그 말은 이제 저에게 가족은 하나도 없다는 뜻이었죠. 미혼인 젊은 의사는 보통 아무렇게나 살게 마련입니다. 당시 제 상황을 보면 가족도 없고 이래라저래라 할 사람도 없어서 나쁜 길로 빠지기 쉬웠죠. 하지만 저는 스스로를 다잡았습니다. 뭐 남달리 의지력이 강해서가 아니라, 그저 훌륭한 의사가 되겠다는 야심에 불타고 있어서였죠. 저녁을 먹고 나서는 자정이나 새벽 한시까지 공부만 했습니다. 의학책이 지겨워지면 잠자리에 들어 소설을 읽었고, 아침에 눈을 떠서도 잠시 뒷부분을 이어서 읽다 자리에서 나왔죠. 그게 당시 제 습관이었지만, 그리 오래가지는 않았습니다.

지금 그때 생각을 하면 웃음이 나지만, 결혼식 당일 아침에는 긴장감에 가슴이 쿵쾅쿵쾅 뛰었죠. 비나는 오래전부터 이런저런 상황에서 봐왔습니다. 사람들 앞에서도 이야기를 나눠보고 나중에는 단둘이서도 이야기를 참 많이 나눴지만 그때마다 그녀가 제 아내가 될 것만 같은 기분이 들었단 말이죠. 저와 같은 집에서 살고, 같은 침대에서 자고, 저 자신보다 더 많이 제 인생을 좌지

우지하게 될 것 같았단 말입니다. 한두 달 혹은 일이 년만이 아니라, 남은 평생 동안 내내요. 그럴 때마다 저는 황급히 달려가 물을 한잔 마시거나 그저 제 방에서 이리저리 서성댈 뿐이었죠.

네, 저는 그날 정말 긴장을 많이 했습니다. 하지만 아무리 그래도 일에는 순서가 있는 법. 처음부터 차근차근 이야기하는 게 좋을 것 같군요.

비나를 처음 만났을 때가 기억납니다. 진료복을 차려입고 환자도 없는 진료실에 앉아 있던 어느 날, 친구 라멘에게 전화가 왔습니다. "지금 당장 와줄 수 있어?"

"무슨 일인데?"

"아가씨 하나가 발이 베었어. 퉁퉁 부었는데, 너무 아파해……"

저는 웃으며 대답했습니다. "그런 일로 왕진까지 해달라는 거야? 붕산 압박붕대로 묶어줘, 그럼 나을 거야."

"아니, 그럴 상황이 아니야. 바로 치료해야 한다고. 아니면 우리 연습을 못 해."

"연습? 무슨 연습?"

"몰랐어? 연극하고 있잖아, 〈새로운 둥지〉."

저도 얼마 전 샤일레시 두타의 소설 『새로운 둥지』를 읽었던 참이었습니다. 당시엔 꽤 유명한 작가였죠. 그게 연극으로 공연된다고? 그랬습니다. 두타 본인이 직접 각색한 것은 물론, 연출까지 맡았다고 했죠. 다쳤다는 아가씨는 두타의 처제였습니다. 주연을 맡았는데 불쌍하게도 다친 발이 너무 아파서 서 있지도 못할 지경이니, 당장 와서 치료를 해달라는 겁니다. 저는 가겠다고 했습니다. 라멘이 레이크 로드에 있는 두타의 집주소를 알려주었죠. 레이크 로드는 호수 하나가 새로 콜카타에 편입되면서 최근에 조성된 구역이었습니다.

"너는 거기서 뭐하는데?" 제가 라멘에게 물었습니다.

"나도 같이 있지."

"언제부터 작가들이랑 그렇게 친하게 지냈냐?"

"다양한 분야의 사람을 만나면서 살아야지. 꼭 와야 돼." 라멘은 그렇게 말하고 전화를 끊었죠.

라멘은 당시 저랑 가장 친한 친구였습니다. 사람이 독특했어요. 의대에서 이 년을 공부해보니 자신은 분명 자격시험을 통과하지 못할 거라며 그대로 중퇴하고는, 프리스쿨 스트리트에 안경점을 열었죠. 안경점은 이내 초링기로 옮겼고, 외국에서 학위를 받은 안과의사와 영국인과 인도인의 혼혈 아가씨까지 접수원으로 데려왔습니다. 그 친구의 사업이 그렇게 잘될 줄은 아무도 몰랐죠. 솔직히 말하자면 저를 비롯한 친구들은 조금 놀랐습니다. 그는 자본금이 많다고는 할 수 없었거든요. 딱 하나 가진 게 있다면 바로 외모였죠. 그렇게 잘생긴 벵골인은 보기 힘들었어요. 180센티미터가 넘는 키에 몸매는 축구팀 센터포워드 같고, 피부색이 밝은데다가 숱이 많은 고수머리였으니까요. 제가 느끼기에는 바로 그런 외모가 그 친구가 성공할 수 있었던 핵심 요인이었습니다.

접수원으로 고용했던 혼혈 여성도 그런 잘생긴 외모에 반해서 노골적으로 들이댔죠. 결혼하기 전까지는 물러나지 않을 기세였어요. 우리 친구들은 모두 필사적으로 말렸지만 라멘은 휘파람을 불며 혼인신고를 해버렸습니다. 결국 일 년도 못 돼서 결혼생활은 끝났지만 라멘은 태연했어요. 그는 전처럼 열정적으로 안경점을 운영했고, 이번에도 접수원으로 혼혈인을 고용했죠.

레이크 로드의 그 집에 도착하니, 도로에서 서성대며 기다리고 있는 라멘이 보였습니다. 차에서 내려 제가 말했죠. "얼굴은 좀 보고 살자. 요즘 통 못 봤잖아."

라멘은 쑥스러운 듯 미소를 지으며 하나마나 한 핑계를 댔습니다. "좀 바빴어. 올라가자."

두타 씨와 그의 아내 가야트리가 저를 맞아주었습니다. 책을 읽고도 반했지만 그렇게 직접 만나보니 두타 씨는 훨씬 매력적인 사람이더군요. 부부 모두 좋은 사람인 것 같았어요.

인사와 함께 으레 하는 몇 마디를 나눈 후에 제가 물었습니다. "환자는 어디 있습니까?"

"이쪽으로 오세요." 부인이 저를 옆방으로 안내했습니다. 지금쯤 눈치채셨겠지만, 그때 침대에 누워 있던 그 아가씨가 장차 제 아내가 될 사람이었습니다.

우리가 들어서자 그녀는 불안한 표정으로 일어나 앉았습니다. 저는 놀랐죠. 발 좀 베었다고 사람이 그 정도로 비참한 몰골이 될 수 있다니요. 낯빛은 창백하고, 입술은 열병을 앓는 사람처럼 바싹 말랐고, 눈은 충혈되고 머리가 흩어져 얼굴을 온통 덮고 있었습니다. 얼른 봐도 심하게 다친 것 같았죠.

하지만 저는 이유를 알 수가 없었습니다. 꽤 오랫동안 꼼꼼하게 진찰했는데도요. 제가 몸을 숙이고 발을 살피는 동안 환자는 턱을 무릎에 댄 채 꼼짝도 않았습니다. 다시 일어서서 제가 물었죠. "많이 아프세요?"

그녀는 대답이 없었어요.

라멘이 제 옆에서 거들었습니다. "대답을 해요, 비나."

그녀는 누구도 보지 않은 채 말했죠. "네, 많이 아파요."

저는 통상적인 처방전을 써주고 방을 나와 두타 씨 부부에게 말했습니다. "상처는 별거 아닌데, 환자분 상태가 말이 아니군요."

두타 씨가 심각한 목소리로 말했죠. "네, 아주 말이 아니죠."

저는 자신 있게 말했습니다. "걱정하실 건 없습니다. 금방 괜찮아질 거예요."

라멘이 끼어들었습니다. "별거 아닌 걸로 합병증이 생긴다는 거 알잖아. 그래서 너를 부른 거고. 연극이 취소되는 일은 없으면 좋겠는데."

"아니, 아니. 그런 일은 없을 거야. 아가씨는 괜찮아." 저는 거듭 그를 안심시켰죠.

제가 의사여서 그랬는지 아니면 다른 이유에선지, 두타 씨 부부는 제가 마음에 든 모양이었습니다. 다음 연습을 보러 오라고 하더군요. 연습은 그 집에서 일주일에 세 번씩 하는데 다음 연습이 바로 다음날이라고. 그러니까 시간이 되면……

"네, 노력해보겠습니다." 저는 그렇게 대답하고 자리를 떴습니다. 라멘이 아래층까지 따라와 말했죠. "내일 연습 꼭 와서 봐. 너도 좋아할 거야."

당시 저는 저녁 시간은 대부분 친구들과 보냈는데, 모두 의사였죠. 의사들은 원래 자기들끼리만 어울리니까요. 공짜 환자가 늘어날까봐 다른 직종 사람들과는 잘 만나지 않는 거죠. 하지만 매번 하는 의사 얘기도 의사 농담도 금세 지겨워졌고, 말씀드렸듯이 저는 젊은 의사들이 그런 지루함을 견디다 못해 벌이는 유흥에도 결코 낀 적이 없었습니다. 그래서 두타 씨의 흥미로운 제안을 그냥 넘길 수가 없었죠. 그때까지 제가 참석하던 모임과는 완전히 다른, 전혀 경험해보지 못한 것이었으니까요. 다음날 저녁 번잡한 다르마탈라의 거리에서 가야 할지 말아야 할지 고민하고 있는데, 라멘이 성큼성큼 다가왔습니다. "가자."

"어디?"

"연습에 같이 가기로 했던 거 아냐?"

"너도 가?"

"나는 매일 가지."

"나도 가야 돼? 정말?"

"무슨 소리야, 가야 되냐니. 당연히 가야지! 다들 좋아할 거야."

교양 있는 모임에 어울리는 옷으로 갈아입고 라멘의 크림색 모리스에 올라탔습니다. 잠시 후엔 두타 씨네 집 응접실에 들어섰죠. 라멘에게 반갑게 인사하던 사람들이 저를 보고는 멈칫했습니다. 모두 "도대체 이 사람은 누구야?" 하는 표정이었어요. 즉시 두타 씨가 직접 나서서 저를 소개했습니다. 먼저 제 이름을 알려주고, 한 명 한 명 거기 있는 모두와 인사시켰죠. 간단한 일이 아니었습니다. 스무 명도 넘는 사람이 여기저기 삼삼오오 모여 있었고, 그중에는 불러도 돌아보지 않는 사람도 몇 있었으니까요.

제 짐작은 틀리지 않았습니다. 모임의 성격이 제가 평생 가본 그 어떤 모임과도 완전히 달랐어요. 잘생긴데다 옷까지 잘 차려입은 젊은이가 여럿 모여 있는 그런 환한 공간에 언제 가봤겠습니까? 그들의 웃음소리, 대화, 자세, 주변을 돌아보는 시선, 심지어 아주 작은 손짓까지도 모두 화려하고 밝은 신세계를 보여주는 것 같더군요. 의대 근처에서는 상상도 할 수 없는 세계를요. 적어도 그날 제가 받은 인상은 그랬습니다. 나중에, 더 잘 알고 나서는 그들도 대부분 우리처럼 평범한 사람이라는 것을 깨달았죠. 단지 그들의 포장이 조금 더 빛나는 것뿐이었습니다.

그 집에 들어선 지 얼마 되지도 않아 라멘을 놓쳐버렸죠. 모두가 그 친구를 찾는 것 같았어요. 라멘은 이 무리랑 어울리나 싶으면 저 무리랑 어울렸고, 앉아 있다가 서 있다가 또 어떨 때는 반쯤 상체를 숙이고 있었죠. 눈웃음을 짓고 입에는 미소를 머금고, 그렇게 눈과 입으로도 말을 했습니다. 원래 잘나가는 친구여서 아무 거리낌이 없었죠. 잘생긴 외모 덕분에 뭘 해도 잘 어울렸어요. 전부터 어디를 가든 모임의 주인공이던 그는 두타 씨 집에서도 역시 사람들의 관심을 한몸에 받고 있더군요. 모두가 그에게 개인적으로 할 이야기가 있는 것 같았고, 심지어 두타 부인도 창가에서 그를 붙잡고 낮은 목소리로 십 분이나 이야기를 나눌 정도였으니까요.

두타 씨는 얼른 연습을 시작하고 싶은 눈치였지만, 사람들의 대화는 끝날 기미가 보이지 않았습니다. 그러는 사이에 차 몇 잔과 고급스러워 보이는 간식이 들어왔죠. 거기 있는 사람들이 모두 먹을 수 있는 양은 아니었지만 저는 손님이라는 이유로 먼저 맛볼 수 있었습니다. 여덟시가 되어 차와 음식이 더 나오지 않자 마침내 두타 씨가 자리에서 일어나 말했습니다. "시작합시다. 아누팜과 랄리타가 나오는 장면을 해본 지 꽤 오래된 것 같으니 그것부터 하지 뭐. 아누팜! 랄리타!"

라멘이 자리에서 일어나 진지한 표정을 지어 보였습니다.

"랄리타! 비나, 어서 나와요."

전날의 환자는 사람들이 이야기를 나누는 동안 계속 구석 벽에 기대앉아 있었습니다. 제가 살펴본 바로는 무리 중 아무와도 이야기하지 않은 것은 물론 고개도 들지 않았죠. 무릎 위에 책을 펼쳐놓고 있었지만 얼굴을 보면 읽고 있지 않은 게 분명했어요. 얼굴이 전날만큼이나 창백했거든요. 연습을 위해 머리를 단장하고 옷도 갈아입고 심지어 화장도 약간 한 것 같았지만 기운이 하나도 없어 보이더군요. 그 집에 도착하자마자 그녀는 어떠냐고 물었는데, 두타 부인 말로는 나아졌다고 했죠. 하지만 직접 보니 회복된 기미는 조금도 보이지 않았습니다. 살짝 걱정이 되었어요. 그렇게 여윈 걸 보니 혈액검사를 해보는 게 좋지 않을까 하는 생각도 들었습니다. 어쩌면 엑스레이까지 필요할 것 같기도 했고요.

두타 씨가 그녀를 한번 더 불렀습니다. "비나!"

비나는 붕대를 감은 발로 절뚝거리며 앞으로 나왔고, 두타 씨가 다시 입을 열었죠. "대사 하세요, 라멘."

그제야 라멘도 연기를 한다는 걸 알았습니다. 심지어 노인 역이 아니라 소설에서 읽은 젊은 연인 역이었죠. 저는 아누팜과 랄리타의 연애가 가장 재미있었기도 해서 자리를 잡고 유심히 지켜봤습니다.

라멘이 대사를 했습니다. "나를 못 알아보겠어?"

비나가 뭐라고 알아들을 수 없게 나지막이 속삭였죠. "큰 소리로!" 작가가 뒤에서 다그쳤습니다.

그제야 희미한 목소리가 들렸어요. "아누팜 바부, 맞죠?"

"상대를 보면서 해야지."

비나는 힘겹게 시선을 들고 다시 한번 대사를 했습니다.

"웃어, 말을 할 땐 웃어야 돼."

그녀는 기운 없이 미소지었습니다. 하지만 대사와 미소는 따로 놀았고, 둘 다 공허한 것 같았죠. 어떤 이유로 그녀를 주연으로 낙점했는지 궁금할 정도였어요.

두타 씨가 자리에서 일어나 야단을 쳤습니다. "비나, 그동안 우리 모두 열심히 준비해온 걸 너 한 사람 때문에 망쳐도 괜찮아? 이런 식으로 하면 아무도 재밌다고 생각을 안 할 거야. 네 역할이 가장 크고, 나머지 배우 모두와 대사를 주고받잖아."

비나는 한숨을 쉬며 말했죠. "저는 빼주세요."

"그게 무슨 어린애 같은 소리야." 라멘이 그녀의 머리를 가볍게 치며 말했습니다. "똑바로 서서, 제대로 대사 해봐요."

그 말을 들은 비나는 파르르 떠는 것 같았어요. 눈이 휘둥그레지고, 얼굴이 벌겋게 달아올랐죠. 그뒤로는 연기가 처음만큼 나쁘지 않았지만, 얼굴에는 여전히 힘든 기색이 역력하더군요. 마치 그 대사가 마음에 들지 않는 것 같은, 아예 생각도 하기 싫은 것 같은 인상이었습니다. 그냥 억지로 하는 것 같았죠.

잠시 후 두타 씨가 말했습니다. "좋아, 이제 1막을 해봅시다. 사르베슈와르, 바산티, 릴리, 프리야나트……"

그 말에 너덧 명의 배우가 일어서서 연기를 시작했습니다.

연습은 밤 열시까지 계속 이어졌어요. 배우들의 친구와 공연을 돕는 사람, 팬 들이 차례차례 도착해 응접실이 꽉 찼죠. 의자를 모두 벽에 붙인 다음 마루에 어마어마하게 큰 천을 깔았습니다. 저도 한쪽 구석에 앉아 술을 마시며 연습을 구경하는데, 놀라운 광경이 쉴새없이 이어지더군요. 주변에 앉은 사람들은 모두 재능이 있거나, 뭐든 하나씩은 장기가 있는 것처럼 보였죠. 한 명은 응접실에 있는 여자들을 지치지도 않고 만년필로 스케치했습니다. 어떤 사람은 연필을 들고 열심히 계산을 했고, 또 어떤 사람은 무슨 교정지를 보고 있었죠. 가끔씩 서너 명씩 베란다로 나가서 따로 대화를 하기도 했는데, 연습을 방해할 정도는 아니었지만 문 근처에 앉아 있는 제게는 종종 그들의 말소리가 들리기도 했습니다. 왠지 저는 그런 신기한 모임에 어울리지 않는 사람 같았지만, 그렇다고 즐겁지 않은 건 아니었습니다. 내내 혼자 앉아 있었지만 시간이 어떻게 가는 줄 몰랐으니까요.

열시 삼십분쯤 누가 말했습니다. "오늘은 여기까지 합시다."

두타 씨가 말했죠. "아누팜과 랄리타의 마지막 장면을……"

비나가 소리쳤어요. "안 돼요, 안 돼, 그 장면은." 갑자기 그렇게 앙칼진 목소리로 소리치는 바람에 저는 깜짝 놀랐답니다.

라멘이 말했죠. "당연히 해야지. 어서요, 비나, 시간 아깝잖아."

비나는 천천히 일어났습니다. 한 마디도 할 수 없을 것 같더니 그 마지막 장면을 어찌나 아름답게 연기하던지요. "나는 가야 해, 랄리타"라는 아누팜에게 "안 돼요, 가지 마세요, 저를 버리지 마세요"라고 말하는 그녀의 눈에 눈물이 그렁그렁했습니다. 저는 그 연기에 완전히 반하고 말았죠.

라멘이 마지막까지 남아 있어서 저도 기다려야 했습니다. 두타 부인이 "종종 놀러오실 거죠, 네?"라고 인사를 하더군요.

제가 정중히 고개를 끄덕이는데 라멘이 놀리듯 말했습니다. "종종은 무슨, 이 친구 이제 매일같이 올 겁니다. 아직 환자도 없어요. 그게, 그 병원은 겉만 번지르르해요."

부인이 미소를 띠며 말했어요. "그럼 여기서 진료를 하시면 어때요? 〈새로운 둥지〉의 전담의사로 임명하죠."

제가 대답했죠. "멋진 제안입니다만, 첫 환자부터 허둥지둥했던 것 같은데요."

"비나요? 잘못하신 것 없어요. 개는 금방 좋아질 겁니다."

그날 밤 라멘은 제 병원에서 함께 잤습니다. 그때는 병원에서 먹고 자고 했거든요. 근처 식당에서 볶음밥이랑 커틀릿을 시켜서 먹고는 커피를 마시며 이야기했죠. "비나는 연기 참 잘하던데." 제가 말했습니다.

라멘은 대답은 하지 않고 그저 웃기만 하더군요.

"하지만 건강한 것 같지는 않더라."

"건강해. 그냥 요즘 들어 좀 안 좋아진 것뿐이야."

"발의 상처는 사실 별거 아닌 것 같던데. 어디 다른 데가 심각하게 안 좋아 보였어."

"제대로 봤네."

자신감을 얻고 제가 말했죠. "낯빛이 너무 창백해. 빈혈 같은데, 원하면 정밀검사 받을 수 있게 해줄 수 있어. 어쩌면 고시 선배가……"

"정말 의사가 그 친구 병을 치료해줄 수 있다고 생각해?"

"무슨 뜻이야? 안 될 게 뭐 있어? 너도 반쯤은 의사잖아. 그런 말은 하면 안 되지."

"하지만 나는 그 친구 뭐가 문제인지 알거든."

"그래?"

"사랑 때문에 아픈 거야."

"뭐?"

"사랑이라고. 왜, 사람들이 사랑에 빠진다고 하잖아. 그 친구도 빠진 거지."

라멘의 말이 안전한 땅에 있던 저를 물에 빠뜨린 것만 같았습니다. 잠시 후에야 정신을 차리고 다시 의사다운 표정을 지어 보이며 말했죠. "그렇군. 그럼 의사가 해줄 일은 없지."

"다른 의사라면 없겠지만, 너는 있어." 라멘이 그 긴 몸을 굽히더니 누우며 말했습니다. "야, 이 소파 아주 좋은데." 그러고는 한쪽 발로 다른 쪽 발을 문지르며 말을 이었죠. "문제는, 그아가씨가 아픈 게 나 때문이라는 거지."

저는 웃었습니다. "너한텐 새로운 일도 아니잖아."

라멘은 갑자기 발끈하더군요. "그래서 나더러 어쩌라고? 나가죽을까? 아님 외국으로 가버려? 비나처럼 착하디착한 여자가 이런 끔찍한 상황을 만들 거라고는 상상도 못 했다."

라멘은 고민을 죽 늘어놓았습니다. 이런 상황이 계속된다면야 어떻게 마음이 편하겠냐고요! 낮에 안경점에서 노예처럼 일만

하는 그로서는 두타 씨 집에서 하는 연극 연습이 좋은 기분전환이 되었습니다. 빠르게 그들이랑 친해졌어요. 다들 좋은 사람이기도 했죠. 그렇지 않다면 매일 그 집을 드나들지도 않았겠죠.

거기까지 이야기를 듣고 제가 말했습니다. "음, 꼭 그 여자 잘못만은 아닐 텐데, 이런 일은 절대 일방적인 게 아니잖아."

"믿거나 말거나 완전히 일방적인 짝사랑이야. 나는 조금도 마음이 없어."

"조금도? 말도 안 돼!"

"그럼 그렇지, 너도 똑같은 소리구나. 두타 씨 부부도 분명 그렇게 생각할 거야. 나도 할 만큼 했어. 지난 며칠 동안 비나에게 설명하느라 진이 다 빠졌다고. 더는 못 해."

"뭐라고 했는데?"

"진정하라고 했지. 마음을 가라앉히고, 말을 들으라고, 상황 파악을 해야 한다고 했지."

"그 친구는 뭐라던?"

"아무 말도 안 했어. 그냥 흐느끼기만 하는 거야. 사람이 그렇게까지 많이 울 수 있나 싶더라. 활기찬 아가씨가 송장이나 다름없는 모습으로 변했지. 눈앞에서 사람이 그렇게 울면 기분이 어떤지 상상이 되냐? 게다가 그 눈물이 나 때문이라면 말이야. 내가 진정시키려고 하면 할수록 그 친구는 더 서럽게 울어."

이어진 라멘의 이야기는, 요약하자면 자신은 연극만 아니었다면 두타 씨 가족과 관계를 정리했었을 거라는 거였어요. 그런데 왜 그가 모든 걸 포기해야 하나요? 제 친구도 자기 인생이 있고, 자기 행복, 자기 평화를 찾아야 하는 것 아니겠습니까? 아가씨 하나가 이성을 잃었다는 이유로 제 친구가 가고 싶은 곳에 갈 수 없다니요? 너무 부당하잖아요!

저는 잘생긴 외모 탓에 내는 세금으로 생각하라고 그를 위로했습니다.

네, 잘생긴 외모가 자신의 적이라는 건 라멘도 오래전부터 알고 있었죠. 생각을 해보세요. 그 친구는 그냥 저녁마다 그 집에 가서 즐겁게 연극 연습을 한 것뿐인데, 지금은 여자의 눈물 때문에 그 생활에 막을 내리게 생겼단 말입니다. 예전에는 비나가 그런 여자일 줄은 짐작도 못 했다고, 친구는 말하더군요. 잘 웃고 활기차고 밝은 게 〈새로운 둥지〉 초반의 랄리타와 똑같았답니다. 두타 씨가 자기 처제를 모델로 해서 랄리타라는 캐릭터를 만들어낸 줄 알았대요. 그녀가 들어설 때마다 방안에 있던 우울한 기운이 모두 창밖으로 달아나는 것 같았습니다. 사랑스러운 아가씨였죠, 아주 착하고. 누가 물어보기라도 하면, 라멘은 누구든 두타 씨의 처제와 결혼하는 남자는 횡재하는 거라고 보장할 수 있었답니다.

"횡재하는 그놈을 그 친구가 알아서 골랐잖아." 저는 놀랐습니다.

라멘은 대답 대신 한숨만 쉬었습니다.

애초에 라멘이 그 모임에 가지 않았으면 좋았을 텐데. 다른 것들은 모두 확정되었고 아누팜 역을 맡을 배우만 남겨놓고 있던 차에 운 좋게도 라멘이 나타난 겁니다. 의욕적인 분위기에서 연습은 진행되었고, 한 달 정도 그렇게 물 흐르듯 흘러갔죠. 모두 랄리타 역에는 에너지 넘치는 비나가 딱이라는 데 동의했습니다. 시종 경쾌하게 밝은 모습으로 이곳저곳 휘젓고 다니며 이 사람 저 사람 만나는 1막에서 아주 잘할 수 있을 거라고는 모두 알았지만, 종반부의 낭만적이고 슬픈 장면에서도 그렇게 아름답게 해낼 줄은 그녀의 언니조차 예상하지 못했죠. 그러던 중 어느 날 갑자기 비나가 몸이 아파 연습을 못 하겠다고 한 겁니다. 라멘도 걱정하고 모두 걱정했지만 아무도 그녀를 만날 수 없었습니다. 심한 두통 때문에 방에서 불을 끄고 누워 있다고 했대요. 그날 밤에는 연습이 잘되지 않았습니다. 두타 씨는 집중하지 못하고 부인도 계속 어딘가 들락날락하는 통에 결국 연습을 일찍 마칠 수밖에 없었죠. 바로 그때 두타 부인이 라멘을 따로 불러서 긴히 할 얘기가 있다고 했어요.

라멘은 부인의 말을 듣고 깜짝 놀랐습니다. 부인이 전하기로

는 전날 비나가 기분이 안 좋아 보였다고 했습니다. 오후부터 이
방 저 방 돌아다니며 창밖을 기웃거렸대요. 그날 저녁에는 연습
이 없었지만, 연습이 없는 날에도 라멘이 들를 때가 종종 있었죠.
그런데 그날은 나타나지 않았던 겁니다. 두타 씨 부인이 한두 번
물었답니다. "무슨 일이니, 비나?" 비나는 묵묵부답이었고요.

저녁이 되자 그 아가씨가 물었죠. "라멘이 오늘은 안 오는 걸
까?"

"모르겠네. 여덟시가 넘었으니, 오늘은 안 나타날 모양이지."
두타 부인이 대답했습니다.

"오라고 해요, 전화해서." 비나가 다급하게 말했어요. 두타 부
인이 놀라서 동생을 바라보니 눈에 눈물이 그렁그렁했습니다. 부
인이 소리쳤죠. "비나! 왜 그래?" 그러고서 비나의 어깨에 손을
얹자 그녀는 언니 품에 와락 안기며 결국 울음을 터뜨렸습니다.
"라멘이랑 결혼하고 싶어. 라멘이랑 결혼할래!" 그때부터 시작
된 거였습니다. 비나는 다른 일은 모두 내팽개친 채 침대에 누워
버렸죠. "어쩌야 좋을지 모르겠네요." 두타 부인이 말했습니다.

라멘은 무슨 말을 해야 할지 몰랐습니다. 어디를 봐야 할지,
손은 어디다 두어야 할지도 알 수 없었죠. 기분이 나빴지만 한편
으로는 죄책감도 들었어요. 그의 탓이었을까요? 비나에게서 그
런 강렬한 감정을 불러일으킬 만한 말이나 행동은 한 적이 없었

는데 말입니다. 심지어 그런 마음을 먹은 적도 없어요. 두타 부인의 말은 이해하기 어려웠습니다.

하지만 직접 비나를 보고 나니 믿을 수밖에 없었죠. 꼴이 말이 아니었습니다. 라멘이 그녀 옆에 앉아 물었습니다. "왜 그래요, 비나." 비나는 그 말을 듣자마자 그의 손을 잡고 흐느끼기 시작했죠. 자기 행동이 어떻게 보일지는 전혀 생각 못 하는 것 같았습니다. 머리가 어떻게 된 걸까요? 라멘은 당황스러우면서도 한편으로는 참담한 기분이 들었죠.

두타 씨 부부는 그에게 절절매다 방을 나갔습니다. 라멘은 불편하기 짝이 없었지만 웃음으로 어떻게든 넘겨보려고 애썼죠. "도대체 왜 그래요?"

비나가 우물쭈물 대답했죠. "언니가 다 이야기한 거 아니에요?"

"했습니다."

"당신 생각은 어때요?"

라멘은 그런 이야기라면 앞으로 두고두고 하면 된다고, 당장은 연극이 실패하지 않게 얼른 기운부터 차리는 게 중요하다고 했습니다. 하지만 그런 그의 노력도 아무 소용 없었죠.

며칠이 지났습니다. 그동안 라멘은 비나를 진정시키려고 무던히도 애썼어요. 그녀를 달래고, 얼른 기운 차리라고 타일렀죠. 두타 부인까지 붙어서 밤이고 낮이고 노력했지만, 네, 소용없었습니다! 계속 실패였죠. 무슨 이유에선지 비나는 라멘과 결혼하지 않으면 자신의 인생은 아무 의미가 없다고 굳게 믿었고, 아무도 그런 그녀의 생각을 바꿀 수 없었죠. 라멘이 한 번 결혼한 적이 있다는 사실도 그녀에겐 중요하지 않았습니다. 오히려 비나는 약간 서구식인 그의 삶의 태도를 좋아했죠. 분명 그는 그녀의 이상형처럼 보였습니다. 키가 크고, 밝은 피부색에, 휘파람을 불며 계단을 오르고, 테니스를 치고, 늘 양장을 하고 다니는 남자 말입니다. 심지어 그녀는 남들처럼 결혼식을 올리기 어렵다면 그냥 라멘의 집으로 들어가버리겠다고 언니에게 말한 모양이었습니다. 쫓겨나기야 하겠냐고 말이죠.

그날 밤 라멘은 새벽 두시까지 고민을 늘어놓았습니다. 그런 다음 제게 물었죠. "이 문제를 어떻게 풀면 좋을까?"

물론 가장 쉬운 방법은 그 친구와 결혼하는 거라고, 제가 말했습니다.

"결혼하라고? 그럴 수만 있다면 문제가 간단했겠지."

"안 될 이유라도 있어?"

라멘이 대답했습니다. "사실 나, 결혼 자체가 딱히 내키지 않아."

이젠 제가 그를 설득할 차례였습니다. "내키지 않는다고? 진심이야? 어쨌든 결혼은 할 거 아냐, 안 그래? 설마 평생 혼자 살 거야? 게다가 걸리는 것도 없잖아. 너도 그 친구가 좋다면서. 마음도 쓰이고……"

"마음이 쓰이면 안 될 이유는 없잖아. 나도 사람인데."

"그럼 도대체 그 친구와 결혼하는 데 걸리는 게 뭐야?"

"걸리는 게 뭐냐 하면." 그때 라멘은 또다른 사실을 털어놓았죠. "루스에게 내가 재혼한다면 그녀와 하겠다고 약속했거든."

"루스는 또 누군데?"

"우리 가게 직원……"

"라멘, 너 또?"

"너는 이해 못 해. 그녀는 의지할 사람이 하나도 없는데다가…… 나를 어찌나 쫓아다니는지. 뭐, 재혼할 일은 없을 것 같지만, 한다면……"

저는 화가 나서 말했습니다. "그러니까 너한테는 혼혈인 여자의 계략이 뱅골 여자의 눈물보다 더 중요하다는 거야?"

"마음대로 생각해. 나는 그만 자야겠다."

라멘은 재킷을 벗어서 바닥에 던지고, 바지를 무릎까지 걷어올린 다음 그대로 소파에 누워버렸습니다.

저는 너무 화가 났지만 더 말하지 않았죠.

그날 밤 쉽게 잠들 수 없었습니다. 비나의 비통한 표정과 퉁퉁 부은 눈, 헝클어진 머리칼이 눈에 선했죠. 괴로웠지만, 그렇게 괴롭지만은 않았어요. 낯선 기쁨이 찾아들었죠. 그녀를 진정시키고 달래주는 제 모습을 상상했어요. 그녀는 듣지 않으려고 했지만 저는 계속 이야기를 했죠. 어느 순간 그녀가 미소지으며 뭐라고 말을 했습니다. 그러다 문득 깨달았죠. 라멘의 존재도 그녀가 그에게 정신이 팔렸다는 사실도 어느새 제 머릿속에서 사라졌다는 걸요. 까맣게 잊어버렸습니다. 부끄러웠고, 남의 연애에 끼어드는 건 현명하지 못한 일이라고 그 즉시 마음을 정리했어요. 이제 두타 씨 집을 찾는 것은 말도 안 되는 일이었습니다. 그냥 제 일이나 신경쓰자고 생각했죠.

하지만 라멘이 저를 그냥 내버려두지 않았습니다. 다음날도 함께 가자고 졸랐죠. 아까도 말씀드렸지만, 저는 그곳 분위기가 꽤나 좋았습니다. 어찌어찌하다보니 며칠 만에 중독되었죠. 라멘을 따라가는 걸 관두고 혼자서 그 집을 찾기 시작한 거예요. 그때쯤엔 비나도 마침내 마음을 추슬러 혈색과 미소를 되찾았습니다. 다시 시작한 연습에서는 놀라운 재능으로 대본을 뛰어넘는 연기를 보여주었죠. 비나가 회복하면서 연습 진행 속도도 빨라졌습니다. 그리고 연습이 시작되기 전부터 끝나고 나서까지 내내 화기애애했죠. 그렇게 뜨거운 분위기를 느껴보긴 제 인생을 통틀어 그때 딱 한 번뿐이었습니다.

3월 초, 그러니까 한겨울이었던 1월을 시작으로 두타 씨 집에 드나든 지 두 달 정도 지났을 때 〈새로운 둥지〉가 드디어 막을 올렸습니다. 네 번 상연되었는데, 저는 네 번 모두 관람했죠. 관객들의 반응을 살피기도 하고 공연이 시작되기 전 무대 뒤에서 배우들 의상 정리를 도와주기도 했어요. 차를 타고 돌아다니며 이런저런 잡일을 하는 것을 마다하지 않았고, 공연이 끝나면 주역세 명을 집으로 데려다주는 영광스러운 임무도 기꺼이 맡았습니다.

마침내 공연은 끝났지만 뒤풀이는 한 달이나 이어졌죠. 처음엔 두타 씨 집에서, 다음엔 식당에서, 두타 씨 친구의 시골집에서, 그리고 마지막으로 두타 씨 집에서 한번 더 열렸어요. 파티와 축하가 끊이지 않았습니다. 저는 공연 내내 그렇게 도움이 되지도 않고 대부분 구경만 했는데도 축하연에 빠짐없이 초대받았어요. 두타 씨 부부는 정말 나무랄 데 없는 파티를 열어주었습니다. 그때쯤엔 저도 몇 명과 꽤 친해져 모임에서 뭍에 오른 고기가 된 것 같은 기분은 들지 않았어요. 저는 그저 평범한 의사일 뿐이고 문학이나 관련 분야에 대해서 잘 아는 것도 아니었지만, 그 멋진 모임의 몇몇 사람은 저를 따뜻하게 맞아주었습니다. 모임에서 저와 가장 서먹한 사람은 비나였습니다. 그녀와는 형식적인 딱딱한 관계에서 좀처럼 벗어날 수 없었어요. 왠지 그녀가 저를 싫어한다는 느낌을 받기도 했고요. 어쩌면 그녀는 제게 아무 관심이 없었을지도 모르고, 라멘이 저한테 모든 이야기를 털어놓았다는 사실을 알았을 수도 있죠. 이유야 어찌됐든, 그녀는 저를 피하는 것 같았습니다. 저도 그다지 신경쓰지는 않았어요. 저로서는 사랑에 푹 빠진, 사랑의 열기에 타버린 아가씨 앞에서 어떻게 말을 걸고 어떻게 처신하면 좋을지 전혀 알 수 없었으니까요. 그렇게 거리를 두는 게 훨씬 더 편했습니다.

4월에 두타 씨 부부가 칼림퐁으로 이사를 갔습니다. 떠나는 날 그 집을 찾아갔더니 평소와 달리 식구들을 제외하고는 아무도 없더군요. 가벼운 인사를 주고받은 다음 두타 부인이 말했죠. "알려드릴 소식이 있어요. 선생님 환자가 싹 다 나았답니다."

좋은 소식이라고, 속으로 생각했죠. 그런데 왜 저한테 그 이야기를 한 걸까요? 그 집 식구와 제 관계도 이제 끝나는 마당에요.

마치 제 생각을 읽었다는 듯이 부인이 조용히 말을 이었습니다. "선생님도 다 알고 계셨죠? 그래서 알려드리는 거예요."

저는 잠시 머뭇하다가 대답했습니다. "저는 라멘이 동생분과 결혼하지 않은 건 잘못이라고 생각합니다."

"다른 여자분과 이미 결혼 약속을 하셨다면서요. 그럼 방법이 없죠."

"약속을 했다고요? 말도 안 돼요. 사실 그 친구는 결혼이라는 걸 아예 하고 싶지 않은 거예요."

"뭐 당사자 뜻에 반해서 강요할 수는 없겠죠. 비나에게도 설명했어요. '너는 그 사람을 가질 수 없어. 그런데 왜 이러고 있니? 자존심도 없어? 빌고 간청하는 건 언제나 남자 몫인데, 너는 여자가 돼가지고……'"

두타 씨가 빈정댔습니다. "요즘은 완전히 거꾸로 됐어. 여자가 쫓아다니고 남자가 도망다닌다고. 불쌍한 라멘. 그 친구 입장도 부러워할 만한 건 아니지."

그러자 두타 부인이 말했죠. "뭐, 그래도 상황을 정리한 건 그 사람이었어요. 칭찬을 들어야 한다고요. 비나의 상태를 봤을 때, 그 양반이 조금만 나쁜 마음을 먹었어도 아마 제 동생은 도저히 헤어나오지 못했을 거예요."

라멘에 대한 칭찬을 조금 더 늘어놓은 다음 부인은 저를 보며 말했습니다. "이제 비나가 괜찮다고, 그가 결혼해주지 않아도 된다더군요. 그렇다고 해도 다른 사람과는 결혼하지 않겠대요. 남은 평생요. 그래도 저희는 곧 동생을 시집보낼 생각이에요. 당분간 비나는 저희 언니 집에서 지낼 거예요. 선생님도 만난 적이 있죠? 왜, 여배우 무대의상을 담당했던 사람이 제 언니예요. 다음달이면 저희 어머니도 오시고요. 막내가 결혼하는 걸 보면 어머니도 마음이 놓이시겠죠. 선생님이 적당한 신랑감 좀 알아봐주실래요?"

저는 알겠다고 고개를 끄덕였지만, 부인의 말이 매정하게 들렸습니다. 비나가 큰 위기를 간신히 넘긴 지 얼마나 됐다고 결혼 이야기를 다시 꺼내다니요! 비나도 진심으로 한 말은 아닐 테니 설마 평생 혼자 사는 일은 없겠지만, 라멘을 잊는 것도 쉽지는 않을 겁니다. 세상 사람들이 모두 라멘처럼 아무렇지도 않게 지난 일들을 쓱쓱 지워버리는 건 아니니까요.

두타 부인이 말을 이었습니다. "저희 언니네 집이 서던 애비뉴에 있어요. 선생님이 가끔씩 찾아와주시면 참 좋을 것 같은데! 다들 반가워할 테고, 동생 건강도 좋아지겠죠. 그애가 당분간은 의사 선생님이 시키는 대로 지냈으면 하거든요……"

제가 대답했죠. "물론입니다. 최선을 다할게요."

그렇게 저의 서던 애비뉴 방문이 시작되었습니다. 〈새로운 둥지〉를 함께했던 단원도 한두 사람은 종종 찾아왔지만, 대부분은 오지 않았어요. 두타 씨의 집이 성지순례의 최종 목적지였던 셈이라 그가 떠나고 나서는 단원들도 흩어진 거죠. 단원들끼리 서로 마주치는 일이 간혹 있기는 했지만 라멘은 그림자도 볼 수 없었어요. 이 친구는 기회만 엿보고 있었던 모양인지 두타 씨가 떠나자마자 덩달아 모습을 감춰버렸습니다.

저는 비나에게 칼슘 주사를 놔주고, 두 가지 약—하나는 식사후에, 또하나는 취침 전에 먹는 약—을 처방하고, 식단도 짜주었죠. 효과가 있는 것처럼 보였습니다. 볼에 혈색이 돌고 눈빛은

총총해지고 피부도 매끈해졌어요. 비나의 큰언니가 "얘가 활짝 피는구나. 결혼할 때가 됐나봐"라고 농담할 정도였죠.

바라나시에서 비나의 어머니가 오시자 중매도 시작되었습니다. 그런데 신랑감 이야기만 나오면 비나는 손사래를 치고 인상을 찌푸리며 "아, 제발 좀 가만 내버려두라고요"라고 말했죠. 그때쯤엔 냉랭하던 저와의 관계도 어느 정도 풀렸어요. 숄을 두르고 다니는 대학교수부터 랑푸르의 홀아비 지주까지 신랑 후보들을 흉내내며 이렇다저렇다 이야기하는 그녀의 모습을 보면 저는 한편 웃기면서도, 한편으로는 알지도 못하는 그 남자들이 불쌍했죠.

비나의 큰언니는 그녀를 나무랐습니다. "비나, 바보 같은 소리 그만해. 아무도 마음에 안 드는 모양인데, 이런 식이면 절대 신랑 못 구한다고."

비나가 대답했죠. "그것 때문에 내가 속상해야 되는 거야?"

언니도 지지 않았습니다. "왜 네가 속상하겠니. 요즘은 스물다섯, 아니 서른이 넘은 여자들도 결혼 안 하고 지내는데 뭐. 지쳐서 쓰러질 때까지 선생질하고 그러잖아. 물론 너는 그렇게 안 됐으면 좋겠지만."

"그게 운명이라면 내가 어떻게 피해?"

"왜 그렇게 막무가내니? 엄마 생각도 좀 해. 점점 나이도 드시는데, 언제까지……"

"그 이야기는 이미 끝났잖아, 언니."

"어떤 남자를 원하는지 알려줘봐. 우리가 찾아본다니까."

비나가 말했습니다. "남자가 무슨, 주문하면 만들어주는 옷이나 신발이야?"

그 모든 대화가 제가 있는 자리에서 오고갔습니다. 전 약간 거북했어요. 무슨 핑계든 만들어서 자리를 뜨려고 할 때 마침 비나의 언니가 저를 흘긋 돌아보며 말하더군요. "뭐하러 다른 데서 찾아? 여기 아바니 선생이랑 너랑 딱인데."

비나는 자지러지듯 웃음을 터뜨렸어요. "말도 안 돼!"

그렇게 웃는다는 것은 몸 상태가 아주 좋다는 의미였지만 앞에 있던 의사의 귀에는 그리 좋게 들리지 않았죠. 저는 자리에서 일어나며 무뚝뚝하게 말했습니다. "그럼 이만 가보겠습니다."

비나의 언니가 말했죠. "화나셨나봐요."

"전혀요. 그냥 할 일이 좀 있어서, 네……"

"그럼 저희 드라이브 좀 시켜주실래요? 너무 더워서 바람 좀 쐬고 싶어요."

"좋습니다. 가시죠……"

"넌 어떠니, 비나?" 언니가 일어나며 말했습니다.

비나도 함께 갔죠. 다쿠리아 호수를 두어 바퀴 돌고 나서 차를

세웠습니다. 비나의 언니가 잔디밭에 좀 앉고 싶다고 해서 세운
건데 차에서 내리자마자 그녀는 아는 이웃을 보고는 그 사람과
함께 앞서 걷더군요.

"어떻게 할까요?" 제가 비나에게 물었습니다. "그냥 여기 앉
을까요, 아니면 쫓아갈까요?"

비나가 대답했죠. "그냥 돌아가는 게 나을 것 같아요. 이 주변
이 요즘 좀 끔찍해진 것 같아서."

"언니분이 돌아오시면 같이 가죠." 제가 말했습니다. "여기 잠
깐 앉읍시다."

그렇게 둘이서 자리를 잡고 앉기는 했지만, 아무 대화도 없었
어요. 뭐든 할말을 생각해내려고 좋지도 않은 머리를 굴리는데
비나가 불쑥 입을 열더군요. "언니들은 제가 라멘을 잊었다고
생각하는 것 같아요. 하지만 잊지 않았고 앞으로도 못 잊을 거
예요."

제가 대답했습니다. "네. 저도 언니분들 이야기를 듣고 마음이
안 좋았습니다."

"선생님께 하나 여쭤볼 게 있어요. 저희 집에 왜 계속 오시는
거죠? 라멘이랑 친구잖아요."

그때 제 얼굴이 어땠을지 말로는 표현 못 하겠습니다. 어쨌든
참 비참한 표정이었을 겁니다. 저를 바라보던 비나의 표정도 잠

시 후 바뀌더군요. 즉시 낮은 목소리로 그녀가 말했죠. "마음에 두지 마세요. 제가 괜한 말을 해서."

"당신 말이 맞습니다." 저는 그렇게 말하며 일어섰죠.

비나도 바로 일어서며 말했습니다. "아무한테도 이런 식으로 말하지 않는데, 제가 왜 그랬을까요. 제발 못 들은 걸로 하겠다고 말해주세요."

"하지만 당신 말이 맞아요."

"아니에요. 제가 잘못 생각했어요. 내일도 와주실 거죠? 그렇죠? 오실 거라고 말씀해주세요."

"그러겠습니다."

"이것만 알려주세요. 라멘은 그 루스라는 아가씨와 결혼했나요?"

"모르겠습니다."

"이제 그분 만나지 않으세요?"

"안 본 지 한참 됐습니다."

그녀는 아무 말도 없었습니다.

제가 입을 열었죠. "라멘에게 하고 싶은 말이 있다면, 제가 전해드릴 수는 있을 것 같습니다."

"아뇨, 할말 없어요." 비나는 그렇게 대답하고 한숨을 쉬었습니다.

그녀의 언니가 돌아오자 비나는 얼른 말했죠. "이제 집에 가요."

"벌써?" 비나의 언니는 그렇게 말하며 동생과 저를 번갈아 바라봤죠. "왜 그래? 두 사람 싸웠어?"

비나는 언니의 짐작을 비웃기라도 하듯 웃음을 터뜨렸습니다. 하지만 그 웃음에는 진심이 담긴 것 같지 않았어요. 저는 웃지 않았습니다.

그날 밤 저는 마음을 정리했습니다. 이만하면 됐다고, 이젠 끝이라고요. 만약 비나가 제 면전에 대고 솔직하게 말했더라면 어떻게 됐을까요. 그녀의 진심을 생각하는 것만으로도 식은땀이 났죠. "왜 계속 오시는 거죠?"라는 그 말이 흰개미처럼 제 머리를 갉아먹는 것 같았습니다. 그렇다고 태도를 확 바꾸는 건 옳지 않아 보였습니다. 그러면 너무 통속극 같아서 사람들도 사정을 금방 눈치챌 테고, 그럼 쓸데없는 소문만 나겠죠. 어찌됐든 지난 몇 달간 꽤 친하게 지냈던 사람들이니까요. 그래서 저는 속마음을 숨긴 채 그 집을 찾아가는 횟수를 서서히 줄이다가 때가 되면 발을 끊기로 계획을 세웠습니다. 그러면 뭔가 심각한 일이 있었다고 생각하는 사람은 하나도 없겠죠. 저는 마음의 평화를 되찾고, 그 사람들도 걱정하지 않고, 비나는 바보 같은 제 얼굴을 더는 안 봐도 될 테고요.

그럴 요량으로 다음날 그 집을 찾아갔습니다. 그랬더니 비나가 한껏 차려입은 채 거실에서 기다리고 있는 것 아니겠습니까?
저를 보고는 "아, 오셨군요"라고 하더라고요.

저와 눈이 마주치자 "이제 안 오실까봐 걱정했어요"라고 덧붙
이더군요.

전날 자기가 낸 상처를 달콤한 말로 달래려나보다 싶었습니
다. 저는 억지로 미소지어 보이며 "안 올 이유가 뭐 있습니까?"
라고 되물었죠.

비나는 천진스레 웃음을 터뜨리고는 대답했습니다. "그렇죠.
근데 저 어젯밤에 언니한테 진짜 많이 혼났어요."

"혼나요? 왜요?"

"그러니까 제가 무례하고 성격도 모나고 건방지다고……"

"왜요? 뭐 때문에요?"

"선생님한테 그런 말을 했다고 벌써 잘못을 실토했거든요. 저
는 왜 또 집까지 와서 그 말을 했을까요? 어쨌든, 이렇게 오셨으
니 안심이네요. 언니, 언니……" 비나는 그대로 앉은 자세로 외
쳤습니다. "아바니 선생님 오셨어."

그렇게 활기찬 비나의 모습은 참 오랜만이었습니다. 사실 그
녀를 처음 만났던 그때, 사랑 때문에 고통스러워하던 그때 이후
처음이었어요. 완전히 딴사람이 된 것 같았고, 아이 같은 그 모
습이 참 보기 좋았습니다.

목욕을 마친 비나의 언니가 거실로 들어서며 말했죠. "비나, 가서 차 좀 내올래? 과자 만들고 있는 것 같던데 그것도 좀 가져오고."

비나가 자리를 뜨자, 그녀의 언니는 저를 향해 미소지어 보이며 말했습니다. "그 법원 공무원이랑 결혼하기로 했어요, 아바니 선생님. 신랑 쪽 가족이 서두르고 저희 어머니도 초조해하셔서요. 게다가 이런 일을 뭐 마냥 미룰 수도 없고 해서."

비나가 이 가족의 짐이라도 된 것 같은 느낌이었습니다. 그렇게 치워버릴 수 있어서 다들 다행이라고 생각하는 것 같았죠. 저는 그게 마음에 들지 않았습니다.

"다음달로 생각하고 있어요. 29일……"

"그렇게 빨리요?" 제 입에서 말이 절로 튀어나왔습니다.

"가야트리에게도 알렸어요. 아마 곧 이리로 올 겁니다."

일이 꽤나 진척되어 있었던 거지요. 저는 아무것도 몰랐습니다. 하지만 다시 생각해보면, 제가 꼭 알아야 했던 걸까요? 그 많은 계획들 사이에서 저는 어디쯤 있었을까요? 비나가 그렇게 들떠 있었던 이유가 그 때문이었을까요?

그녀의 언니가 물었습니다. "선생님 생각은 어떠세요?"

"제 생각에는……"

"네, 선생님 생각요. 바로 그게 제가 알고 싶은 거예요."

"본인도 동의했습니까?"

"비나요? 걔 동의를 기다리고 말고 할 형편이 아니에요. 우리까지 걔처럼 어린이같이 굴면 안 되죠. 안 그래요?"

그러니까, 비나 본인은 동의하지 않았다? 이 결혼은 본인의 의지와는 상관없는 것이다? 그런데 비나는 뭐가 그리도 즐거웠을까요?

차와 과자가 나오고, 비나도 다시 나타났습니다. 하지만 차는 쓰고, 과자는 아무 맛도 없었죠. 비나 쪽으로는 눈길도 주지 않았습니다.

차를 다 마실 때쯤 비나의 언니가 말했습니다. "오늘도 호수에 갈까요?"

딴생각을 하던 저는 퍼뜩 정신을 차리고 물었습니다. "저한테 하시는 말씀인가요?"

"물론 선생님한테 하는 이야기죠. 차는 그냥 두고 가요. 뭐 멀지도 않으니까요. 오늘은 걸어도 좋을 것 같네요."

비나의 언니는 동네의 모든 사람을 알고 있었습니다. 집 밖에 나서자마자 아는 사람이 나타났죠. 잠시 후에 보니 저와 비나만 함께 걷고 있고 언니는 일행과 저만치 뒤처져 있더군요. 그 지역에서도 이제 막 젊은 여자들이 마음대로 외출을 하기 시작할 무렵이었습니다. 그들을 보며 제가 말했죠. "여자들이 자유로워진 건 참 좋은 일입니다."

비나가 대답했습니다. "마음대로 외출하는 자유만 있으면 된다고 생각하세요?"

"다른 분야에서도 점점 나아질 거라고 봅니다."

"저는 그렇게 생각 안 하는데."

그때, 혀끝에서 맴돌던 말을 기회를 놓치지 않고 내뱉어버렸죠. "언니분이 좋은 소식을 전해주시더군요."

"좋은 소식 뭐요?"

"듣자하니 다음달 29일에……"

"미쳤어요?"

"그럼 사실이 아니란 말입니까?"

"이야기해준 사람한테 직접 물어보시죠?"

더 말은 하지 않았지만 마음은 한결 가벼워졌습니다. 바로 전날 라멘을 잊을 수 없다고 했던 그 비나에게서 젊은 법원 공무원과 결혼하는 것이 본인의 뜻이라는 말을 들었다면, 슬프지 않았겠습니까? 그런데 따지고 보면 그게 또 뭐 그리 슬픈 일일까요? 그런 일들은 항상 일어나는 것 아닙니까? 네, 매일 그런 일이 일어나는데, 뭐가 잘못입니까? 설사 다른 사람을 비난한다고 해도 비나를 비난할 수는 없는 일이었죠. 라멘은 찾아오는 건 고사하고 그녀의 안부도 궁금해하지 않았습니다. 아마 루스에게 푹 빠져 지냈겠죠. 나쁜 놈! 할 수만 있다면 저는 강제로라도 놈을 비나와 결혼시켰을 겁니다. 그런데 제가 왜 그렇게 신경을 썼을까요? 제가 무슨 책임이 있다고요? 바로 전날 밤 이 관계를 끝내겠다고 결심까지 해놓고 말입니다. 그러고 보니, 저는 도대체 뭘하고 있었던 걸까요? 왜 그 집을 매일 찾아가고, 그 연극과 사람들 일에 끼었을까요? 병원을 키우는 일에만 집중해야 했을 그 시기에, 다른 일은 완전히 신경을 끄고 지냈어야 했는데 말입니다. 순간 제가 콜카타를 떠나지 않는 한 구원은 없겠다는 생각이 들더군요. 다르질링에서 며칠 보내고 돌아와 새로운 마음으로 일을 하면 될 것 같았습니다. 네, 좋은 생각이었죠.

그런 생각에 빠져 있는데 문득 비나의 말소리가 들렸습니다. "무슨 생각을 그렇게 골똘히 하세요?"

저는 즉시 대답했습니다. "다르질링에 가볼까 합니다." 제가 듣기에도 엉뚱한 소리였습니다.

"왜요?"

"그냥 뭐, 휴가죠."

"언제?"

"다음달 초에요." 그렇게 대답했습니다.

"얼마 안 남았는데……"

"얼마 안 남았죠……"

비나가 갑자기 걸음을 멈추고 말했어요. "잠깐만요. 언니가 너무 뒤처진 것 같아요."

그때 생각이 들었습니다. 일주일 뒤면 다르질링으로 떠나는데 남아 있는 며칠 동안 그때까지의 일상을 바꿀 이유는 없었죠. 그래서 매일 그 집을 찾아갔고, 이젠 호숫가 산책도 일과가 되었습니다. 비나의 언니가 특히 좋아했어요. 늘 이웃과 마주쳤고, 우리 둘만 남겨놓은 채 수다를 떨었죠. 비나와 저는 조금 걷다가 잠시 앉기도 하고, 대화를 할 때도, 말이 없을 때도 있었습니다. 그때 호숫가에서 다양한 주제로 이야기를 나누면서 놀랍게도 대부분의 경우 우리 생각이 일치한다는 걸 알게 되었죠.

6월 1일에 비나가 물었습니다. "언제 가요?"

"가다니요. 어디를?"

"다르질링 안 가세요?"

당황한 기색을 숨기려고 저는 필요도 없는 설명을 했습니다. "어, 물론 가야죠. 지금은 중요한 환자가 있어서, 네……"

"확실히 가시는 거예요?"

"확실히 가죠." 말을 하면 할수록 오기가 생겼습니다. 네, 가야만 했죠.

비나가 잠시 호수를 바라보다가 불쑥 말하더군요. "아니, 가지 마세요."

"가지 말라니, 무슨 말이에요?" 제 목소리가 떨리는 걸 저도 느낄 수 있었습니다.

"가지 마시라고요." 비나가 다시 말했죠. "모르시겠지만, 식구들이 정말로 다 정해버렸어요…… 29일에…… 하지만 저는, 저는 도저히 그 양복쟁이 법원 공무원과 결혼할 수 없단 말이에요……"

그 말이 썩 마음에 들지는 않았습니다. 저도 항상 양복을 입고 일했거든요. 의사는 그래야 하니까요. 저는 진지하게 말했습니다. "양복을 입는다고 누구나 라멘처럼 멋있어 보이지는 않겠죠. 하지만 그렇다고 해서……"

비나가 말을 끊었습니다. "그렇다고 해서 그 바보 같은 남자가……"

저는 그녀의 보호자라도 되는 것처럼 말했죠. "훌륭한 신사에 대해 그렇게 말해야겠습니까?"

"신사라면 그냥 신사로 계속 남아주면 좋잖아요. 분명 말하지만, 식구들이 바라는 대로는 절대 안 될 거예요."

"그래도 결혼은 해야 되잖아요."

"왜 꼭 그래야 하죠?"

"애도 아니고, 당신도 잘 알잖아요……"

"선생님도 똑같아요!" 비나는 그렇게 말하고 다시 호수 쪽으로 고개를 돌렸습니다. 저는 그녀의 눈과 호수를 번갈아 바라보왔죠. 제 눈엔 그 둘이 비슷해 보이더군요. 검은색과 흰색이 섞여 있고 밝고 촉촉했습니다.

갑자기 비나가 저를 돌아보며 말했습니다. "안 돼요, 저는 못 해요, 가시면 안 돼요. 선생님이 저를 구해주셔야 해요."

"제가요? 제가 어떻게 구해드리죠?"

그렇게 물으면서도, 의미 없는 질문이라는 걸 알았습니다. 비나는 이미 오래전에 대답을 했던 겁니다!

소식을 듣고 제일 먼저 찾아온 건 라멘이었죠. 펄쩍 뛰어올라서 저를 껴안고는 그대로 한 바퀴 돌았습니다. 그러더니 하인들에게 5루피씩 나누어주고는 정신없이 사라졌다가 한 시간쯤 후에 다시 정신없이 나타났죠. 그 친구가 에메랄드 반지와 은으로 장식한 사리를 건네며 말했습니다. "자, 결혼 선물이야. 오늘 저녁에 두타 씨 부부 찾아가는 거 잊지 마. 방금 돌아왔다니까."

두타 씨는 저를 보자마자 미소지었습니다. "어떻게 된 일입니까?"

"그러니까, 선생님에게도 '새로운 둥지'가 생긴 거죠?" 두타 부인이 말했습니다.

"그렇단 말이지. 새로운 손님에게 새로운 둥지라, 운율도 맞는걸." 두타 씨가 농담을 하더군요.

"물론 잘 맞죠. 이제 두 사람이 잘 맞춰 살면서 확인만 하면 되

내 인생의 그녀 119

겠네."

부부는 그렇게 한동안 농담을 했고, 부끄러움으로 얼굴이 벌게진 저는 그저 바보처럼 웃기만 했죠.

시간은 정신없이 지나갔습니다. 한편으로는 미래의 두 처형이 말로 퍼붓는 날카로운 공격에 시달렸고—두타 씨는 제가 강심장이라 말로라도 공격해보고 싶은 거라며 장난을 쳤습니다—또 한편으로는 집과 혼수를 마련하는 등 현실적인 문제들을 해결해야 했죠. 라멘이 항상 함께 다니며 모든 일을 처리해주었어요. 저 혼자였다면 절대로 할 수 없었을 겁니다. 그리고 바로 그날— 네, 6월 29일이 아니면 언제겠습니까—새집으로 갔죠. 라멘은 아침부터 와 있었습니다. 신랑 쪽 참석자는 그 친구밖에 없었는데, 환하게 빛나는 얼굴로 신나하던 그 모습이 지금도 생생하게 떠오릅니다. 문득 조금 슬퍼지기도 했습니다. 비나의 마음을 흔들었던 건 그 친구인데 결국 그녀는 저와 결혼하게 되었다는 사실이요. 결국, 저는 그냥 그때 비나 옆에 있었던 사람에 불과했을까요? 옆에 있었던 사람이 제가 아니라 다른 사람이었다고 해도 결과는 똑같았을까요? 그 양복쟁이 법원 공무원이었다고 해도요? 결혼식을 마치고 비나에게 물어봤더니 정말이지 신부답게 "흡!" 하고 웃기만 하더군요. 잠시 후 그녀는 라멘 때문에 난리 쳤던 생각을 하면 웃음이 난다고 했습니다. 웃음이 난다니요, 벌써? 만약 저와 결혼하지 않았대도 그녀는 몇 달 뒤 결혼을 했겠죠. 하지만 그런 건 중요하지 않습니다. 비나와의 결혼생활이 너무나 행복해서 다른 경우들을 생각할 이유가 없어요.

나머지 사람들은 의사의 고백을 흥미진진하게 들었다. 건축가는 초반에 조금 졸려 보이더니 〈새로운 둥지〉 공연 이야기에서부터는 몇 번 큰 소리로 웃음을 터뜨렸고, 델리 남자의 단정한 입가에도 즐거워하는 기색이 희미하게 드러났다. 오직 작가만이 맥이 빠진 듯 말이 없었다. 이야기를 듣는 내내 호주머니에 손을 넣은 채 고개를 숙이고 있었지만, 의사가 이야기를 마치자 제일 먼저 입을 연 건 바로 그였다.

"이건 중매 이야기지, 사랑 이야기는 아니군요."

"좋습니다." 델리 남자가 말했다. "그럼 선생님 사랑 이야기 한 번 들어봅시다."

"지금 몇시죠?"

"거의 세시 다 됐군요."

"거의 세시라. 밤은 정말 길군요! 정말 춥고요. 아직 기차 소식은 없겠죠?"

"전혀 없군요."

"그럼 잠깐 잠이나 청해봅시다. 이 의자도 나쁘지만은 않네요."

건축가가 잠을 못 잔 탓에 잠긴 목소리로 말했다. "아무 이야기도 안 하고 그렇게 빠져나가실 순 없죠. 이제 선생님 차례입니다."

작가는 벌떡 자리에서 일어나 호주머니에서 손을 빼서 비비며 빠른 걸음으로 대합실 안을 이리저리 서성였다. 그렇게 한바탕 시위를 하더니 다시 자리에 앉아 부루퉁한 목소리로 말했다. "사랑 이야기요? 이렇게 추운데 말입니까? 좋습니다, 해보죠."

5
작가의 독백

우리 셋 모두 그녀를 사랑했죠. 아시트, 히탕슈, 그리고 저 말입니다. 그러니까 1927년, 다카의 팔탄 구시가였어요. 늘 똑같은 다카, 늘 똑같은 팔탄, 늘 똑같은 흐린 아침이었습니다.

우리 셋은 같은 동네에 살았죠. 동네에서 제일 처음 지은 집은 타라 쿠티르라고들 불렀는데, 히탕슈의 가족이 거기 살았습니다. 하급법원 판사였던 그 친구 아버지가 돈을 많이 모아 은퇴후 대로 맨 앞에 큰 집을 지으셨던 거죠. 타라 쿠티르는 여러모로 동네에서 첫째가는 집이었습니다. 제일 처음 지은 집이자 제일 좋은 집이었죠. 시간이 지나면서 잡초와 눈에 띄지 않는 가시덤불만 무성하던 공터에 집들이 들어섰지만, 그 어떤 집도 타라쿠티르와는 비교가 되지 않았어요.

몇 년 후 저희 가족이 이사 왔을 때 아시트의 집에선 막 지붕을 올리고 있었습니다. 아시트가 두번째로, 제가 들어오기 직전에 이사를 왔던 겁니다. 팔탄 구시가에 집이라곤 그렇게 세 채밖에 없던 때가 있었죠. 나머지는 모두 울퉁불퉁한 공터였고, 보이는 거라곤 먼지와 진흙, 빗물이 발목 높이까지 고인 웅덩이에 사는 연두색 개구리와 통통한 잡초뿐이었습니다. 늘 똑같은 다카, 늘 똑같은 팔탄, 늘 똑같은 흐린 오후였죠.

우리 셋은 늘 함께 다녔습니다. 될 수 있는 대로 자주, 오래 붙어 지냈어요. 매일 새벽같이 아시트가 제 침대 머리맡 근처 창문 밖에서 "비카시, 비카시" 하고 부르며 깨웠고, 저는 얼른 밖으로 나가 그에게 갔죠. 언제나 그 친구는 한 발로 땅을 디딘 채 자전거를 탄 채로 절 기다렸어요. 키가 큰 친구라 제가 어깨동무를 하면 항상 팔꿈치가 아팠죠. 히탕슈는 부를 것도 없었습니다. 저희가 도착할 때쯤엔 이미 마당의 작은 쪽문 옆에서 기다리고 있었으니까요. 아니면 낮은 담장에 올라앉아 있거나요. 그런 다음 아시트는 포장도로를 따라 자전거를 타고 학교에, 공업학교에 가고 저와 히탕슈는 손을 잡고 그냥 동네를 어슬렁거렸습니다. 바람에 어떤 물건, 혹은 사람의 냄새가 실려왔죠. 지금도 저는 그 냄새를 맡을 수 있습니다. 그 무언가를, 누군가를 떠올릴 수 있어요.

오후에는 종종 셋이서 자전거 두 대에 나눠 타고 시내로 나갔습니다. 고시 바부의 유명한 가게에서 커틀릿을 사 먹기도 하고, 시내를 통틀어 하나뿐이던 극장에서 영화를 보기도 하고, 가끔은 땅콩 몇 봉지를 사 들고 강가를 거닐기도 했어요. 저는 아무리 애써도 자전거를 타지 못했죠. 하지만 친구들의 자전거를 참 많이 얻어 탔습니다. 때로는 아시트, 때로는 히탕슈의 뒷자리에 앉거나 서서 그렇게 먼 거리를 돌아다녔죠. 저녁이면 팔탄 구시가의 벌판에서 시간을 보냈습니다. 푹신한 풀밭에 앉거나 누워 있으면 작은 별들이 반짝반짝 하늘에 박혀 있고, 우리 옷에 풀밭의 가시가 박히고, 히탕슈네 집 현관 등은 어둠 속에 점처럼 박혀 희미하게 빛나고 있었어요. 히탕슈는 밤늦게까지 함께 있을 수 없었습니다. 집에서 정한 통금 시간이 여덟시였거든요. 아시트네와 저희 집은 그리 엄하지 않았어요. 둘이서 어둠 속에 앉아 있다가 돌아가는 길에 히탕슈를 조용히 불러내면, 그 친구는 하던 공부를 멈추고 우리와 몇 마디 속삭였습니다.

그렇게 우리 셋은 서로를 사랑했습니다. 그리고 셋이 동시에 한 사람을 사랑하게 되었죠. 그 옛날 다카, 팔탄 구시가에서, 1927년에 말이죠.

그녀의 이름은 안타라였습니다. 당시 다카의 분위기를 생각해보면 꽤 세련된 이름이었죠. 그녀의 가족은 다카와 전혀 어울리지 않았으니, 굳이 그 일대의 분위기가 풍기는 이름을 지을 이유가 없었겠죠. 아버지는 대단히 서구적이었고—적어도 우리는 그렇게 느꼈습니다—어머니는 뒤에서 보면 처녀라고 오해할 만큼 젊게 입고 다녔어요. 그리고 딸, 그 딸에 대해서는 뭐라고 하면 좋을까요? 그녀는 오전에 정원을 거닐다 점심을 먹고 나서는 베란다에서 책을 읽고, 저녁엔 거리로 산책을 나왔습니다. 우리 옆을 닿을 듯 말 듯 스쳐지나갈 때도 있었고, 가끔은 목소리도 들렸죠. 그 옛날 다카에서, 1927년에 말입니다. 젊은 여자는 구경도 쉽지 않았던 그 시절, 마차의 닫힌 문 너머로 사리 자락만 봐도 천국에 온 것 같던 그 시절 동네에 젊은 여자가 나타난 겁니다. 게다가 매일 다른 사리를 입고, 이름은 또 안타라라니⋯⋯ 우린 그 여자를 사랑하지 않을 수 없었죠.

　하지만 그녀의 이름을 알아낸 건 저였습니다. 당시 저는 매일 빵 심부름을 했는데, 어느 날인가 빵가게 고객명부에서 벵골어로 깔끔하게 적힌 못 보던 이름을 발견한 겁니다. 안타라 데이. 고객명부를 한참 들여다보느라 주인에게 조금 늦게 돌려준 것도 같습니다. 그날 저녁에 바로 친구들에게 말했죠. "그 여자 이름 알아? 안타라야."

　"누구⋯⋯" 히탕슈는 그렇게 대답했지만 즉시 제 말을 이해했습니다. "그럴지도 모르지."

아시트도 한마디했죠. "사람들이 토루라고 부르던데."

토루라니! 다카에만 토루라고 불리는 여자가 이삼백 명은 됐
겠지만 그 순간만큼은 저는 '토루'가 세상에서 가장 달콤한 단어
로 느껴졌고, 그건 아시트도 마찬가지임을 알 수 있었죠. 히탕슈
는 아마 뭔가 아는 척 건들거리며 한마디하고 싶었을 겁니다. 우
리 대화의 주인공, 혹은 주인공들이 바로 그 친구네 저택 1층에
세 들어 살고 있었으니까요. 그녀의 가족에 대해 우리보다 아는
게 많지 않았더라면 그 친구도 나을 게 없었겠죠. 히탕슈가 긴
코를 찡그리더니 말했습니다. "안타라에서 토루로 바뀌었단 말
이지. 마음에 안 드는데."

"마음에 안 들게 뭐 있어, 나는 아주 좋은데." 목소리를 높였
지만 속으로는 저도 실망스러웠습니다.

"내 마음대로 불러도 된다면, 나는 안타라라고 부를래."

대단한 용기였습니다. 무모하기도 했고요. 히탕슈가 그녀를
부르다니요, 그것도 이름으로! 따지고 싶은 마음에 얼굴이 벌겋
게 달아오른 제가 무슨 말로 쏘아줄지 생각하던 그때 아시트도
한마디했습니다. "나도." 배신자 같으니!

우리는 그런 사소한 걸로 실랑이를 자주 했습니다. 그녀 이야
기를 하지 않은 날이 하루도 없었고, 셋이서 의견 일치를 본 날
도 하루도 없었죠. 며칠 전 파란색 사리를 입었던데 그 색이 더

잘 어울리는지 보라색이 더 잘 어울리는지. 아침에 정원을 거닐 때 머리를 묶었는지 풀었는지. 며칠 전 저녁 종이에 뭔가 끄적이고 있을 때 편지를 쓰는 중이었는지 아니면 수학 문제를 푸는 중이던 건지. 우리 셋은 그런 이야기를 하며 서로 질세라 목소리를 높였죠. 가장 팽팽했던 건 이상한 주제가 나왔을 때였습니다. 그녀가 모나리자를 많이 닮았는지, 약간 닮았는지, 아니면 전혀 닮지 않았는지 하는 문제였죠. 그때 막 모나리자 그림을 본 제가 친구들에게도 보여주었거든요. 그러던 어느 날 제 입에서 불쑥 말이 튀어나왔어요. "그 여자, 모나리자 많이 닮지 않았나?" 그 후로도 그 이야기를 참 많이 했지만 결론은 내리지 못했습니다. 어쨌든 좋은 점은 우리가 그녀를 모나리자라고 부르게 되었다는 겁니다. '안타라'가 듣기 좋고 '토루'가 다정할지는 모르지만, 우리 셋은 그녀를 다른 사람들이 부르는 것과 똑같이 부를 수가 없었습니다. 우리끼리만 아는 이름으로 그녀를 부르면 그녀가 우리 소유가 될 것 같았어요.

아시트와 저는 기회가 될 때마다 히탕슈에게 "네가 빨리 친해져야 돼. 어쨌든 한집에 살고 있잖아"라고 말했습니다. 그러면 이 친구는 그녀와 가까워지라는 제안에 쑥스러워하며 말했어요. "말도 안 되는 소리!" 그러니까 정말 그러지 못할 것도 없다는 뜻이었죠. 우리는 그런 상황을 자주 상상했지만 그런 일은 절대로 없을 것임을 알고 있었습니다. 모두 말, 바보 같은 말뿐이었어요.

그러던 어느 날 저녁 셋이 람나 강에서 돌아오는 길이었습니다. 저는 히탕슈의 자전거 뒤에 타고 있었죠. 인적이 드문 길에서 수다를 떨며 한가롭게 달리던 중 히탕슈가 갑자기 말을 멈췄고 자전거가 비틀거렸어요. 저는 하마터면 떨어질 뻔했죠. 중심을 잡으려고 히탕슈의 셔츠 옷깃을 움켜쥐었더니 녀석이 아프다고 소리를 질렀고, 저는 그렇게 겨우 땅에 무사히 발을 디딜 수 있었습니다. 그때 누군가 묵직한 저음의 영어로 말하는 게 들렸습니다. "조심해야지, 젊은이들!" 데이 씨가 우리 앞에 서 있었죠. 아내와 딸도 함께였습니다. 아시트는 자전거를 비스듬히 세우고 한쪽 발로 땅을 디딘 채 대범한 표정을 지어 보였습니다.

"자네들 정말……" 데이 씨는 무슨 말을 하려다 히탕슈를 보았습니다. "아, 자네, 케샤브 바부 아들 아닌가!"

히탕슈는 얼빠진 표정으로 자기 집에 세 든 남자를 바라봤습니다.

"그럼 이 친구들은? 늘 셋이서 같이 다니던데. 친구인가보지? 멋지네. 내가 젊은 친구들이랑 이야기하는 걸 참 좋아하는데, 언제 한번 우리집에 꼭 놀러오게."

그렇게 말하고 그는 식구들과 함께 가던 길을 갔죠. 우리는 길을 벗어나 풀밭에 나란히 누웠습니다. 잠시 후 아시트가 말했죠.
"이게 무슨 난리법석이냐고! 히탕슈는 완전 넋이 나갔던데, 안
그래?"

"아니야, 내가 무슨 넋이 나가. 그냥 브레이크가……"

"계속 멀쩡하다가 바로 그때 말을 안 들었단 말이지? 저 사람
들이랑 마주쳤을 때?"

"그래, 그래서 뭐? 자전거에 치인 사람도 없고 떨어진 사람도
없잖아. 브레이크를 급하게 잡았던 것뿐이야……"

"그런 뜻이 아니야, 너 잘 피했어. 그냥 표정이 웃겼다는 거야.
게다가 비카시는……"

제 이름이 나오자마자 저는 소리쳤습니다. "그만해. 재미없어."

"그 여자 살짝 웃은 것 같기도 한데." 아시트는 멈추지 않았습
니다. ('그 여자'가 누구인지는 설명할 필요도 없었죠.)

"웃기는 누가 웃었다고!" 히탕슈가 소리를 빽 질렀습니다. 흐
느낌에 가까웠지만요.

"너도 봤지, 비카시? 모나리자 미소랑 비슷하지 않았냐?"

"제대로 알지도 못하면서 장난치지 마." 제 목소리도 갈라졌
죠. 그날 밤은 잠이 잘 오지 않았습니다. 이틀은 반쯤 죽은듯이
지냈고, 일주일이 지나도록 마음이 아프더군요.

하지만 우리 중 제일 넉살 좋았던 아시트는 그렇게 창피를 당했

건 말건 계속 물었습니다. "진짜 그 집에 한번 가보는 게 어때?"

"미쳤냐?"

"왜? 데이 씨가 오라고 했잖아, 안 그래?"

마침내 히탕슈와 저도 데이 씨가 집에 한번 오라고 했던 건 사실이라고, 초대한 거나 마찬가지라고 동의했습니다. 그도 우리를 보면 아주 반가워할 테고, 그 집에 찾아가지 않는 건 결례를 범하는 것이나 다를 바 없다고 말이죠. 심지어 그분의 위신을 지켜줘야 한다고 걱정까지 했답니다. 매일 아침 "오늘은 가자"라고 마음먹었다가 오후엔 "오늘은 안 되겠다"고 했죠. 그 가족이 정원의 등나무 의자에 앉아 있는 모습을 볼 때도 있었습니다. 그 집 문 앞에 자동차 한 대가 주차되어 있는 걸 보고 마을의 유일한 변호사인 다스 씨가 온 걸 알아차린 때도 있었죠. 또 쥐죽은 듯 조용하면 집에 아무도 없나보다 하고 생각했던 적도 있고요. 데이 씨 혼자 정원에 나와 신문 보는 모습도 몇 번 봤습니다. 그때마다 좋은 기회라고 생각했지만 늘 그 집 정원 문 앞에만 서면 발이 떨어지지 않았어요. 아시트나 히탕슈, 저 할 것 없이 모두 마찬가지였어요. 서로 먼저 들어가라고 쿡쿡 찔러대고 뭐라고 속삭이다가 그대로 타라 쿠티르를 지나 큰길로 나가곤 했습니다. 우리가 찾아가면 그들이 귀찮아할 거라고 생각했고, 결국 또 실랑이가 시작됐죠. 우리를 귀찮아할 이유가 뭐가 있느냐, 도대체 우리는 왜 이렇게 망설이고 있느냐, 사람이 사람을 찾아가는 건 자연스러운 거 아니냐, 우리가 도둑이나 강도도 아니고 그냥 찾아가 앉아서 이야기나 좀 하다가 나오면 되는 거 아니냐, 뭐 그런 식이었습니다.

어느 흐린 날이었습니다. 이슬비가 조금씩 내렸고요. 데이 씨 가족은 집에 있는 것 같았어요. 앞장서서 작은 문을 열고 들어간 건 키가 크고 피부도 하얗고 잘생긴 아시트였죠. 그 뒤를 안경 쓴 히탕슈가 진지한 모습으로 신사답게 따르고, 두 사람 뒤로 볼품없이 작은 제가 들어갔습니다. 정원을 가로질러 현관 쪽으로 갔죠. 큰 소리로 불러야 하는 건지, 무슨 말을 해야 할지 등을 생각하는데 데이 씨가 거실 커튼을 슬쩍 젖히더니 우리를 보고 베란다로 나왔습니다. 굵은 파이프를 입에 문 채 "응? 무슨 일인가?" 하고 웅얼웅얼 말하더군요.

씩씩하던 아시트마저 그런 반응에 당황했습니다. "저는…… 저희는…… 그냥 지나가다 들렀습니다. 전에 선생님이……"

데이 씨는 희미해져가는 빛 속에서 우리를 알아보았습니다. "아, 자네들이군. 그래……"

아시트가 다시 말했습니다. "한번 찾아오라고 하셔서요."

"아, 그래, 그래. 물론 그랬지……" 그는 헛기침을 한 번 하고 말을 이었죠. "들어오시게, 모두 들어와." 데이 씨는 커튼을 활짝 열고 옆으로 비켜서서 길을 터주었지만 우리는 그냥 그 자리에 서 있기만 했습니다.

"먼저 가."

안으로 들어가던 히탕슈가 자기 집 문지방에 걸려 비틀거리다 제 발가락을 밟았습니다. 진짜 아팠지만 큰 소리를 낼 수 없어서 꾹 참았죠. 광이 나는 마루를 진흙 묻은 신발로 더럽히며 우리는 안으로 들어갔습니다. 어찌나 아름답게 꾸며놓았던지, 그런 집은 그때까지 한 번도 본 적이 없었죠. 기름 램프도 환하게 빛나고 있었습니다. 데이 부인은 앞쪽 소파에 앉아 뜨개질을 하고 있고, 더 안쪽으로 벽에 붙여놓은 의자에 우리의 모나리자가 앉아 있었습니다. 그녀는 무릎 위에 엄청나게 두꺼운 파란색 책을 펼쳐놓고 보는 중이었죠.

데이 씨가 말했습니다. "수미, 팔탄의 삼총사께서 납시었네. 여기는 케샤브 바부 아들이고, 이 친구들은······"

히탕슈가 우리를 소개했어요. "얘는 아시트고, 얘는······ 비카시입니다."

데이 부인이 미소지으며 말했죠. "셋이서 친구인가보네요. 멋지네. 여러분을 매일 봤어요. 자, 앉아요."

우리는 기다란 소파에 나란히 앉았습니다. 데이 부인이 딸을 불렀죠. "토루."

모나리자가 고개를 들었습니다.

"이웃 친구들이 찾아왔구나. 이쪽은 우리 딸이에요."

모나리자는 보던 책을 내려놓고 자리에서 일어났습니다. 늘씬한 푸른 묘목처럼 보이는 그녀는 미풍에 흔들리는 풀처럼 살짝 고개 숙여 인사하고는 다시 앉아 책으로 눈을 돌렸어요.

꿈만 같았습니다.

콜카타 출신이던 아시트는 히탕슈나 저보다 똑똑하고 아는 것도 더 많았습니다. 그리고 히탕슈 역시 아버지를 따라 여러 지역을 돌아다녔기 때문에 또박또박 자신 있게 말했죠. 게다가 이 친구는 타라 쿠티르의 주인집 아들이었으니까요. 대화의 주제가 뭐든 그 두 친구가 주로 이야기했습니다. 저는 조용히 바닥만 뚫어져라 보며 촌스러운 사투리가 튀어나올까 입을 열 엄두도 내지 못했죠. 딱 한 번만이라도 고개를 들어 모나리자를 보고 싶은 마음이 밀려왔지만 그럴 수가 없었지요.

전기도 들어오지 않는 곳에서 사는 게 얼마나 못 견디게 불편한지, 다카 모기는 왜 이렇게 지독한지 등에 대해 대화를 나누다 데이 부인이 물었습니다. "셋 다 대학에 다니나?"

아시트가 씩씩하게 적당히 대답했죠. "히탕슈는 시험을 잘 봐서 장학금으로 15루피 받았습니다."

"잘됐네. 우리 딸은 수학이 너무 무섭다고 시험도 안 보려고 하는데."

갑자기 구석에서 목소리가 들렸습니다. "아빠, 키츠*가 몇 살 때 죽은 거죠?"

데이 부인이 우리를 바라보며 물었죠. "혹시 아는 사람?"

아시트가 불쑥 말했습니다. "비카시가 알 거예요. 시인이니까."

"정말?" 데이 부인이 어린아이처럼 환하게 웃었고, 순간 저를 슬쩍 보는 모나리자의 시선이 느껴졌습니다. 손바닥에서 땀이 나고, 귓속에서는 웅웅 울리는 소리가 났습니다.

그 집에 얼마나 머물렀을까요? 십오 분? 이십 분? 하지만 밖으로 나왔을 때는 대학에서 강의라도 대여섯 개 듣고 나온 것처럼 지쳐 있었죠.

데이 부인이 억지로 손에 우산을 쥐여주었지만 우리는 펼치지도 않았습니다. 보슬보슬 내리는 이슬비에 젖은 채 어두운 풀밭으로 숨듯이 들어갔죠. 아시트가 불쑥 말했어요—잠시도 조용히 있지 못하는 친구였습니다—"진짜 좋은 분들이야."

히탕슈도 즉시 맞받아쳤죠. "정말 멋져." 저는 잠자코 있었습니다. 대화에 끼고 싶지 않았어요.

잠시 후 아시트가 말했습니다. "너 또 비틀거렸어, 히탕슈."

---

* 영국의 낭만주의 시인 존 키츠.

"언제?"

"그 집에 들어갈 때."

"안 그랬어."

"무슨 소리야, 안 그랬다니. 어쨌든, 너 들어가면서 데이 부인한테 인사는 했냐?"

"물론이지."

히탕슈는 잠시 멈췄다가 다시 말했다. "하지만…… 모나리자가 일어서서 인사하려고 할 때는……"

우리는 어둠 속에서 눈빛을 주고받았고, 비록 어두웠지만 서로의 얼굴이 창백해졌다는 건 분명히 알 수 있었죠. 그녀가, 그러니까 숙녀가 자리에서 일어나 인사하는데 우리는 그냥 돌처럼 굳어버렸던 겁니다. 일어나지도 않고, 인사를 받아주지도 않고, 아무 말도, 아무것도 안 했던 거예요. 분명 우리를 예의도 모르고 교양 없는 촌놈들이라고 생각했겠죠. 콜카타 출신의 아시트 미트라도 도움이 되지 않았습니다.

그때 우리가 얼마나 상심했는지는 말로 표현을 못 하겠군요.

다음날 우리 셋은 우산을 돌려주러 다시 그 집을 찾았습니다. 하인을 따라 거실로 갔죠…… 조금 뒤 모나리자가 직접 거실로 들어오고, 우리는 인사하려고 자리에서 벌떡 일어나고, 제가 웃으며 말합니다. "저, 우산요……" "아…… 뭐 그런 일로……

앉으세요." 저는 그런 장면을 상상했지만 물론 상황은 그렇게 진행되지 않았죠. 하인이 다시 나타나 우산을 받아들고 사라졌습니다. 그러고는 다시 오지 않았고 누구도 나타나지 않았습니다. 우리는 그 자리에 멍하니 서 있다가 말없이 고개를 숙인 채 나왔어요. 모두 서로의 얼굴을 볼 수가 없었죠.

네, 그럴 수 없었습니다. 그렇게 아름답게 꾸며놓은 공간에, 구석구석 눈부실 만큼 하얗게 빛나던 그곳, 세상에서 가장 특별한 여자가 두꺼운 책을 읽던 그곳에 우리를 위한 자리는 없었습니다. 하지만 그게 어쨌다는 걸까요? 모나리자는, 그래도 결국 모나리자였어요.

비가 억수같이 퍼부었습니다. 흐린 아침에도, 흐리고 부산한 오후에도, 촉촉한 공기로 파란 달빛이 비치는 밤에도요. 보름 동안 거의 쉬지 않고 내리던 비가 그치고 드디어 해가 나오던 날 우리도 밖으로 나왔습니다. 동네에서 제일 유명한 의사의 자동차가 타라 쿠티르 앞에 서 있더군요.

히탕슈에게 물었습니다. "너네 가족 중에 누가 아파?"

"아니."

그럼 그 집 가족 중에? 그런 의문이 들었지만 차마 입 밖에 내지는 못했습니다. 다음날 히탕슈가 우울한 목소리로 말하더군요. "그 집 가족 중에 아픈 사람이 있어."

"누구?"

"그 여자."

"그 여자라니!"

그날도 그 유명한 의사의 차가 서 있는 걸 봤습니다. 다음날엔 아침저녁으로 두 번이나 오더군요. 우리가 먼저 찾아가서 안부를 물어보고 뭔가 도와줄 수는 없었을까요? 그 집 주변을 어슬렁거리다가 의사의 차 뒤에 숨기도 했습니다. 의사가 나오고 데이 씨도 함께 나타났죠. 데이 씨가 우리를 뒤늦게 알아보고 말했어요. "들어가세. 집사람이 자네들한테 할말이 있다고 하네."

데이 부인은 베란다로 이어지는 계단 앞에 서 있었습니다. 아시트가 부인 앞에서 걸음을 멈추고 말했죠. "저희를 찾으셨다고요, 사모님?" 이 콜카타 출신 친구는 그런 말도 어렵지 않게 할 줄 알았습니다. 저는 절대 할 수 없는 일이었는데 말이에요.

데이 부인이 잠긴 목소리로 말했습니다. "토루가 아파요."

"어디가 아픈데요?"

"티푸스예요." 부인은 부드러운 목소리로 그 무시무시한 단어를 내뱉었습니다. "심각하지."

아시트가 말했죠. "걱정 마세요. 저희가 뭐든 하겠습니다."

"그래줄래요? 부탁해요. 자식이라곤 하나뿐인데……" 부인의 눈에 눈물이 고였습니다.

모나리자, 당신은 몰랐을 겁니다. 앞으로도 영원히 모르겠죠. 1927년의 그 우기, 그 팔탄 구시가에서 하루하루, 밤이면 밤마다 열병에 맞서, 우리를 짓누르는 어둠 속에서, 서늘한 그늘 밑에서 우리가 얼마나 기분이 좋았는지, 얼마나 행복했는지를요. 한 달하고도 보름 동안 당신은 누워 있었고, 한 달하고도 보름 동안 당신은 우리 차지였습니다. 한 달하고도 보름 동안 우리 가슴속에서 심장은 한순간도 멈추지 않고 행복감에 뛰었죠. 당신 아버지는 출근했다가 집에 돌아오면 당신을 한 번 들여다보고 안락의자에 앉아 쉬었습니다. 어머니는 종일 쉬지 않고 간호했지만 밤에도 그렇게 지낼 순 없었고, 그래서 당신의 방에 갖다놓은 간이침대에서 잠이 들었죠. 그리고 우리는 돌아가며 불침번을 섰습니다. 둘이서 함께 서기도 하고 셋 모두 깨어 있기도 했지만, 대부분은 한 명씩 돌아가면서 섰어요. 당신 옆에서 홀로 자리를 지키는 기쁨을 가장 여러 번 차지한 건 저였죠. 아시트는 하루종일 바삐 돌아다녔고, 히탕슈도 마찬가지였습니다. 얼음을 얻을 수 있는 곳은 1.5킬로미터나 떨어져 있고 약국은 그보다 두 배나 멀었으며, 의사는 5킬로미터 떨어진 곳에 살고 있었으니까요. 한번은 아시트가 열 번도 넘게 자전거를 타고 왔다갔다한 날도 있었습니다. 옷이 비에 흠뻑 젖었다가 다시 마르기를 반복했어요. 또 한번은 히탕슈가 밤 열두시 삼십분에 얼음을 구하러 다녀

온 적도 있었죠. 상점은 모두 문을 닫았고, 역에도 사람이 없었어요. 녀석이 강가에 있는 얼음 창고에 가서 사람들을 깨워 얼음을 구해온 시간은 새벽 두시였습니다. 저는 얼음주머니의 얼음이 얼마나 녹았는지 수시로 확인했고, 아시트는 욕실 바닥에 흩어진 얼음조각을 모았죠. 자전거를 탈 줄 모르는 저는 그렇게 여기저기 다니는 일은 할 수 없었어요. 대신 당신 어머니 가까이서 자리를 지키며 손이 필요하면 뭐든 거들었습니다. 약을 덜고, 체온을 기록하고, 의사가 오갈 때 가방을 들어주었어요. 그러다 해가 지고 밤이 되면 바깥엔 어둠이 바다처럼 펼쳐졌습니다. 그 바다 위로 당신과 내가 희미하게 불 밝힌 작은 배를 타고 떠다녔는데, 당신은 아마 절대 모르겠죠, 모나리자.

모나리자는 밤낮으로 누워 있기만 했습니다. 가끔씩 의식이 혼미한 상태에서 뭐라고 중얼거렸죠. 목소리가 너무 작아서 무슨 말인지 잘 들리지 않았지만, 힘들게 알아들은 몇 단어는 그대로 우리 마음속에 차곡차곡 정성껏 쌓아두었습니다. 한 명이 무슨 말을 들으면 나머지 둘에게도 알려주었죠. 그렇게 바쁘던 와중에 조금씩 짬이 나면 우리는 각자 들은 말들을 서로에게 알려주었습니다. 마치 모두 잠든 밤 골방에 모여 각자의 보석을 꺼내 비교해보는 구두쇠들 같았어요. 그녀가 "아!"라고 탄식하는 소리도 우리 마음속에서는 플루트 소리처럼 울렸고, 그녀가 "물"

이라고 하면 세상의 모든 강물이 우리 안에서 출렁이는 것 같았습니다.

어느 날 밤 히탕슈는 집으로 돌아가고 아시트는 베란다에 깔아놓은 매트리스에서 잠들어 저 혼자 깨어 있을 때였습니다. 탁자 위에는 촛불이 타고, 벽에 비친 커다란 그림자가 일렁거렸죠. 빛은 압도적인 어둠에 맞서기를 포기하려는 것 같았습니다. 저도 잠을 이길 수가 없었어요. 해적 같은 잠에게 손발이 잘리고 몸은 밀랍처럼 녹아내리는 듯했죠. 항복하지 않으려고 저 자신을 때릴 때마다 저 깊은 곳에서 거대한 잠의 파도가 다시 밀려왔습니다. 그 파도에 휩쓸려 허우적거리며 저는 생각했어요. 모나리자, 당신도 이렇게 죽음과 싸우고 있나요? 죽음이 잠처럼 당신을 잡아끌고 있나요? 그래도 당신은 아직 여기 있군요. 어떻게 그럴 수 있을까요! 그런 생각이 들자 누가 시킨 것도 아닌데 잠이 싹 달아나더군요. 저는 똑바로 앉아 희미한 불빛 아래 당신의 얼굴을 바라보았습니다. 그림자가 흔들렸습니다. 새벽 네시의 엄숙한 순간. 당신은 죽어가고 있나요? 당신 얼굴에선 대답을 읽을 수가 없었어요. 지금 당신은 자고 있나요, 아니면 깨어 있나요? 대답이 없었죠. 하지만 저는 계속 바라보았습니다. 대답을 얻을 수 있을 것 같았으니까요. 당신의 얼굴에서, 그 표정과 당신의 목소리에서 말이에요. 그때 놀라운 일이 일어났어요. 당신이 대답이라도 하듯 천천히 눈을 뜨고 놀란 표정으로 주변을 살핀 후에 다시 저를 쳐다봤죠. 목소리도 다시 나왔어요. "누구세요?"

저는 얼른 그녀의 이마에 얼음주머니를 대주었습니다.

"누구세요?"

"접니다."

"네?"

"비카시요."

"아, 비카시군요. 비카시, 지금 낮이에요, 밤이에요?"

"밤입니다."

"해가 뜨지 않을까요?"

"네, 금방 뜰 거예요."

"네. 그럼 지금은 자도 되는 거죠?"

저는 손으로 그녀의 이마를 짚었습니다.

"아, 그러니까 좋네요."

"자요." 제가 말했습니다.

"어디 안 갈 거죠, 그렇죠?"

"안 갑니다."

"가면 안 돼요, 알았죠?"

"안 가요."

당신은 잠이 들고, 밖에서 새들이 지저귀기 시작했습니다. 해가 떴어요.

헛소리였죠. 열 때문에 나오는 헛소리였지만, 온전히 저만의 것이었습니다. 저만의 것이요. 다른 두 친구에게 그 대화 이야기는 하지 않았죠. 아마 그 친구들도 숨기는 게 있었을 겁니다. 제가 모르는, 다른 누구도 모르는 자신만의 것이요. 모나리자, 당신도 절대로 모르고, 앞으로도 영원히 알 수 없을 그 어떤 것 말입니다.

그리고 마침내 당신은 나았습니다. 좋은 소식이었지만, 우리는 할 일이 없어져버렸죠. 일요일 점심때 당신 어머니가 식사라도 하자며 우리를 불렀어요. 당신이 처음으로 제대로 식사를 한 지 보름쯤 지났을 무렵이었는데, 저는 그게 송별회 같았습니다.

그런데 따지고 보면 그렇게 생각할 이유가 없었어요. 이제 우리는 언제든지 찾아갈 수 있었으니까요. 그 집에서 시간을 보내며 축음기로 모나리자를 위한 음악을 틀고, 그녀가 지쳤을 땐 목 뒤에 베개를 받쳐주었죠. 그러는 동안에는 하얀 구름들이 푸른 빛이 어린 짙은 하늘과 장난이라도 치는 것처럼 보였습니다. 가을이 되자마자 데이 씨 부부는 딸의 요양을 위해 당분간 란치*에 가서 지내기로 결정했죠. 그때도 짐을 쌀 때부터 나라얀간지의

---

* 휴양지로 유명한 인도 동북부의 도시.

항구에서 증기선을 탈 때까지 우리는 그들과 함께했습니다.

일등석 갑판에 서 있는 모나리자의 모습이, 난간을 잡고 서 있는 그 모습이 서서히 멀어졌습니다. 그때 란치에서 데이 씨 가족이 지낼 집의 주소를 받아두지 않았던 게 기억났습니다. 집에 돌아가자마자 편지를 써서 보내고 싶었지만 그럴 수가 없었죠.

아시트가 말했습니다. "모나리자가 먼저 써야지."

"쓸까?" 히탕슈가 낙담해서 물었습니다.

"왜 안 쓰겠어. 편지 한 통 쓰는 게 뭐 그리 어렵다고?"

뭐가 그리 어려웠는지 누가 알겠습니까만, 이십 일이 지나도 편지는 오지 않았습니다. 히탕슈의 아버지 앞으로 집세가 우편환으로 오기는 했죠. 우리는 우편환을 보낸 주소로 편지를 써 보내기로 했습니다. 그녀가 쓰지 않는다고, 우리도 쓰지 않는 것으로 화났다는 걸 보여주는 건 억지인 것 같았어요. 그녀는 환자였고, 어쩌면 아직 완전히 회복되지 않았을지도 모르니까요. 우리가 그녀에게 어떻게 지내는지 물어보는 게 맞는 것 같았습니다. 하지만 그녀를 뭐라고 부른단 말입니까? 예의를 갖춰 '당신'이라고 해야 할까요? '너'라고 편하게 불러도 되는 걸까요? 물론 그녀는 우리를 편하게 불렀고, 우리도 마찬가지였죠. 하지만 실제로 대화를 많이 나누지는 않았으니까요. 편지에서도 똑같이 편하게 불러도 좋을 만큼은 아니었어요. 게다가 무슨 이야기를 써야 했을까요? 어떻게 지내요? 다 괜찮아요? 사실 할말은 그게 전부였죠. 우리가 어떻게 지내는지, 요즘 뭘 하고 지내는지에 대해서라면 얼마든지 할 이야기가 많았지만, 모나리자가 그런 게 궁금할까요?

오랜 상의 후에도 결론이 나지 않자 두 친구는 저한테 알아서 써보라고 했습니다. 시를 쓴다는 이유로 제가 낙점받은 거죠.

그날 밤 등불 밑에서 땀을 흘리며 초고를 준비했습니다. 상대의 이름을 직접 언급할 필요가 없는 형식적인 표현들을 써가며, 기다렸지만 편지가 오지 않았다는 이야기를 했죠. 이십일 일이나 기다렸어요. 란치는 멋지죠, 그렇죠? 물론, 멋졌으면 좋겠어요. 그렇다면 우리도 기쁘겠군요. 타라 쿠티르의 1층은 잠가버렸어요. 그래서 팔탄은 어둠에 잠겼죠. 아시다시피 매일 밤 기름 램프 덕분에 밝았었는데 말이에요. 그런 건 신경쓰지 마세요. 우리는 란치가 어떤 곳일지 그려보고 있습니다. 언덕과 정글, 붉은 자갈길, 피부가 검은 현지인들. 웃을 일도 즐거운 일도 넘치고 건강한 생활이 있는 곳이겠죠. 지독한 병이었어요. 그렇게 아플 일은 아마 다시 없겠죠. 그런데 아픈 사람 없이도 우리가 일할 수는 없는 걸까요? 솔직히 아무것도 하지 않는 생활은 견디기 힘들어요. 하루하루가 느릿느릿 흘러갑니다. 편지를 받으면 할 일이 생기겠죠. 적어도 답장은 쓸 수 있으니까요. 부모님께도 안부

전해줘요.

'당신' 혹은 '너'라는 말을 쓰지 않고는 더 쓸 수가 없었습니다. 얼마 쓰지도 않았는데 벌써 세시더군요. 다시 들여다보니, 지워버린 다른 표현들 사이에서 몇 마디 되지 않는 그 말들이 마치 어두운 정글 속으로 비치는 한 줄기 햇빛처럼 보였죠. 우리 편지를 몇 번이나 읽어보았습니다. 꽤 괜찮아 보였지만 잠시 후 다시 보니 끔찍해서 찢어버렸습니다. 하지만 깨끗한 종이에 옮겨 적어놓은 후였죠. 다음날 우리 셋이서 각자 서명을 한 다음 기도하는 심정으로 그 완벽한 편지를 부쳤어요.

다카에서 란치까지, 란치에서 다시 다카까지. 나흘, 혹은 닷새…… 좋아, 엿새는 기다리자. 하지만 답장은 오지 않았습니다. 저녁엔 안개가 끼고 날씨가 조금 쌀쌀하기까지 했죠. 그래도 답장은 오지 않았습니다. 여름 꽃이 지고 겨울 꽃이 폈지요. 그래도 답장은 오지 않았습니다.

결국 편지가 오긴 했어요. 하지만 정확히는 편지가 아니라 고작 엽서였고, 그것도 그녀의 어머니가 히탕슈 앞으로 보낸 것이었습니다. 데이 부인은 히탕슈와 아시트, 그리고 저에게 두르가 푸자* 인사를 한 다음 란치에서의 생활이 끝나가고 있다는 소식

---

* 10월에 있는 인도 최대의 명절.

을 전했습니다. 곧 돌아갈 테니, 잠겨 있는 자기 집 문을 히탕슈가 열고 대충 청소를 해놓는다면 큰 도움이 될 거라고 했죠. 열쇠는 히탕슈의 아버지가 가지고 있었습니다. 그리고 마지막으로, 토루는 거의 다 회복되었고 종종 우리 이야기도 한다고 적었더군요.

우리 이야기를 종종 한다고? 그럼 우리가 보낸 편지는? 엽서를 아무리 들여다봐도 우리 편지가 제대로 도착했는지는 알 수 없었습니다. 편지는 어떻게 된 걸까요? 하지만 그런 생각이나 하고 있을 겨를이 없었죠. 당장 할 일이 생겼으니까요. 우리는 하루 안에 타라 쿠티르의 먼지 낀 1층을 바닥에 얼굴이 비칠 정도로 깔끔하게 청소해두었습니다. 며칠 후 엽서가 한 장 더 왔어요. "일요일에 돌아갈 예정이니 역에서 보자"라고 적혀 있더군요. 고작 역까지만 간다니요? 우린 나라얀간지까지 달려갔습니다.

아, 모나리자는 어찌나 아름답던지요. 끝단이 빨간 연녹색 사리 차림에, 얼굴의 혈색도 완전히 돌아왔더군요. 조금이지만 살도 붙었고, 어쩌면 키도 좀 자란 것 같았어요. 이제 그녀가 저보다 크다는 게 확실해질까봐 저는 그냥 멀찌감치 서 있었습니다. 그사이 히탕슈는 얼음이 든 레모네이드를 들고 달려갔고, 아시트르는 짐꾼들을 재촉해 커다란 짐들을 기차에 실었죠.

데이 부인이 말했습니다. "우리랑 같은 칸으로 가지그래요?"

"아니, 아닙니다. 저희가 어떻게…… 그냥 다른 칸에……"

"같이 가, 같이 가……" 데이 씨가 그렇게 말하며 우리 차비까지 계산했죠.

나라얀간지에서 다카까지. 그 사십오 분 동안, 그때껏 기다리던 인생의 가장 행복한 순간이 드디어 우리에게 찾아온 것 같았습니다. 일등석의 푹신한 자리를 마다하고 우리는 그냥 짐 위에 앉았죠. 그래야 사람들이 다 보였거든요. 모나리자도, 그녀의 어머니도, 아버지도 행복해 보였습니다. 그들의 행복한 모습을 보면서 우리도 뿌듯한 행복감을 느꼈죠. 억눌러 참아왔던 우리 안의 모든 것이 마침내 풀려나고 모든 소망이 이루어진 것만 같았어요. 기차를 타고 오면서 왁자지껄 웃고 떠들었고, 기차는 마치 우리의 행복을 동력 삼아 움직이는 것 같았습니다. 모나리자도 우리 이름을 하나하나 불러가며 이야기를 했죠―많은 일들이 있었고, 해줄 이야기도 많았어요. 기차가 다카에 도착할 무렵, 한창 폭포 이야기를 하는 그녀에게 불쑥 제가 물었습니다. "우리 편지는 받았어?"

"우리? 네가 보낸 편지?"

순간 얼굴이 발그레해진 제가 말했습니다. "받았는데 왜 답장 안 했어?"

"지금까지 뭐 들었어? 집에 도착하면 할 이야기가 더 많아. 내가 다 해줄게."

모나리자의 말은 거짓이 아니었습니다. 갑자기 천국으로 가는
문이 우리 앞에 열린 것 같았죠. 이제 '우리'는 세 명이 아니라 네
명이었습니다.

그러던 어느 날 그녀의 어머니가 우리를 불러서 그러더군요.
"전에 우리 토루를 크게 도와준 적이 있지, 한번 더 부탁할게요.
걔가 25일에 결혼을 하거든."

25일! 겨우 열흘 뒤라니!

우리는 당장 그녀에게 달려갔습니다. "모나리자, 도대체 이게
무슨 일이야?" 제가 소리쳤습니다.

그녀는 약간 인상을 찌푸리며 묻더군요. "뭐? 뭐라고?"

우리끼리 부르는 그녀의 별명을 바보같이 말해버리다니 순간
아차 싶었지만 지금 그런 게 뭐 대수겠습니까? 사람이 절박해지
면 용감해지는지, 저는 그녀의 눈을 바라봤습니다. 그렇게 똑바
로 그녀의 눈을 들여다본 건 처음이었습니다. 눈동자는 보랏빛
이 도는 갈색이었어요. 꼭 다이아몬드 같았죠. 저는 그렇게 그녀
를 똑바로 쳐다보며 말했습니다. "모나리자."

"모나리자라니! 그게 도대체 누군데?"

"모나리자는 너야." 아시트가 말했습니다. "몰랐어?"

"뭐?"

히탕슈가 말했습니다. "다른 이름은 생각할 수 없어."

"재미있다!" 웃음과 함께 그녀의 얼굴에 화색이 돌았지만 그것도 잠시, 마치 슬픔을 담은 구름이 지나간 것처럼 어두운 그림자가 드리웠죠. 그녀는 우리를 잠시 바라보며 눈썹을 치켜세웠다가 내렸습니다.

"도대체 무슨 일이야. 그게 사실이야, 모나리자?" 우리 목소리에는 놀라움이 담겨 있었죠.

"무슨 말을 들었길래 그래?" 그녀는 그렇게 말하며 사리로 얼굴을 가렸습니다. 그러고는 웃음소리만 남기고 사라졌습니다.

결혼식을 이틀 앞두고 콜카타에서 신랑이 왔습니다. 피부색도 밝고 좋은 옷감으로 만든 도티와 쿠르타*를 입었더군요. 가까이 있으면 묘한 향기 때문에 심장이 새가 되어 날아다니는 것 같았습니다. 우리는 그에게 매료되었죠. 히탕슈는 몇 번이고 말했습니다. "히렌 바부 정말 잘생겼지."

아시트도 거들었죠. "저 도티랑 끝단 장식 좀 봐."

"발!" 히탕슈가 말했습니다. "발이 저렇게 하얗지 않으면 저런 도티가 어울리지 않을 거야."

---

* 인도 남성의 전통 상의.

제가 말했습니다. "너무 잘생겨서 조금 이상한데."

"뭐? 이상하다니!" 아시트는 발끈했지만 소리가 제대로 나오지 않았습니다. 결혼식을 앞두고 아침부터 다른 사람들과 함께 꽥꽥대더니 목이 쉬어버렸으니까요. 화난 고양이처럼 그르렁거리며 녀석이 말했죠. "이런 신랑 본 적이라도 있어?"

"모나리자 같은 사람도 본 적은 없지." 저도 그냥 물러나지는 않았습니다.

"저렇게 잘 어울리는 두 사람이 또 어디 있겠냐? 서로를 위해 태어난 것 같잖아. 멋져!" 아시트는 그렇게 말하고는 자전거를 타고 순식간에 사라졌습니다. 자진해서 결혼식 준비의 총책임을 맡았으니 말다툼이나 하고 있을 시간이 어딨겠습니까?

결혼식 당일엔 동이 트기도 전부터 온 동네에 시끄럽게 울리던 셰나이 소리에 잠이 깼습니다. 저는 곧장 모나리자를 죽음의 문턱에서 구해주었던—뭐, 저는 그렇게 생각했습니다—그날 밤을 떠올렸어요. 서서히 밝아오는 아침을 맞으며 제가 느꼈던 그 행복감, 그 느낌이 고스란히 되살아나 소름이 돋을 정도였죠. 셰나이 소리에 눈물이 나더군요. 그대로 침대에 누워 있을 수가 없었습니다. 밖으로 나가 별빛을 받으며 그 집에서 불어대는 뿔나팔 소리를 들었어요. 그녀가 있는 곳으로 갔죠. 동이 트기 전에 그녀를 볼 수 있다면, 하늘은 한밤중이지만 공기는 분명 아침인 그때, 천상에 있는 듯한 그때 딱 한 번만이라도 볼 수 있다면. 하지만 그런 행운은 찾아오지 않았죠. 신부를 치장하는 의식이 벌써 진행중이었고, 그녀는 모르는 여자들에게 둘러싸여 있었습니다. 할 일도 너무 많고 입을 옷도 너무 많은 그녀라 잠깐 훔쳐보는 것도 허락되지 않았죠. 그냥 밖에 서서 안에서 벌어지는 소란에 귀기울이고 있자니 그 와중에도 셰나이는 쉬지 않고 울리더군요. 하늘에서 반짝이던 마지막 별이 사라지고, 나무들이 눈에 들어오고, 땅도 드러났습니다. 그렇게 다시 한번 지상의 하루가 시작되었습니다.

그날 아시트는 목이 너무 쉬어서 마치 새 신부처럼 들릴 듯 말듯한 목소리로 말했습니다. 그 친구는 너무 바빠서 저를 신경쓸 틈도 없었죠. 히탕슈도 바빴습니다. 바쁜 와중에도 조금은 거드름을 피우더군요. 신랑과 그 일행이 그 친구 집의 방을 두 개 쓰고 있었거든요. 히탕슈는 샌들 밑창이 닳도록 위층과 아래층을 오르락내리락하며 말을 전했죠. 저는 온종일 아시트와 히탕슈를 번갈아가며 도와보려 했지만, 그렇게 큰 도움이 되지는 않았죠. 마침내 관습에 따라 신부가 올라앉은 단을 들고 신랑 주위를 일곱 바퀴 도는 의식을 할 차례였습니다.* 저는 한 발짝 앞으로 나

---

* 벵갈 지역 전통 혼례의 한 절차로, 신부 측 형제들이 단을 든다.

섰지만 옆에서 아시트와 히탕슈가 팔꿈치로 밀쳐냈죠. 그녀가 양팔을 두 친구에게 두른 채 일곱 바퀴를 도는 동안 저는 그냥 멍하니 서서 구경만 했답니다.

다음날부터 우리 셋은 히렌 바부의 노예가 되었습니다. 그렇게 잘생기고, 그렇게 박식하고, 그렇게 유머 감각이 뛰어난 남자는 없었어요. 그와 비교하면 다른 남자들은 모두 원숭이나 다름없었죠. 심지어 저도, 유일하게 그를 인정하지 않았던 저도 더는 그의 얼굴이 이상하다고 생각하지 않았습니다. 사실, 어느새 그를 흉내내고 있더라고요. 그가 하는 것처럼 앉고, 서고, 걷고, 웃고, 이야기해보려고 애썼습니다. 나머지 두 친구도 그러고 있는 걸 보니 우스웠습니다. 대놓고 말하지는 않았지만 어쩌면 셋 다 서로를 보며 그렇게 웃었을 겁니다.

어느 날 오후였습니다. 히렌 바부가 우리에게 재미있는 이야기를 들려주다 주변을 둘러보며 말했습니다. "가서 토루 좀 찾아 봐줄래요?"

"데리고 올게요." 제가 그렇게 말하고 자리를 떴습니다.

모나리자는 남쪽 베란다에서 해를 등진 채 머리를 빗고 있었죠. 그녀 가까이 다가간 저는 그만 할말을 잊고 말았습니다. 그녀가 갑자기 새로운 어떤 사람, 완전히 딴사람이 된 것 같았어요. 빳빳한 새 사리를 입고, 머리에 주홍빛 장식을 하고, 귀와 손과 목에는 반짝이는 장신구를 차고 있었죠. 낯선 향기도 났습니다. 히렌 바부가 쓰는 향수 냄새도, 알코올로 닦은 지 얼마 안 된 새 가구 냄새도, 머릿기름이나 화장품 냄새도 아니었습니다. 그 모든 향이 하나가 되어 모나리자의 몸을 감싸고 있는 것 같았어요. 숨을 깊이 들이마시자 머리가 어질했습니다.

그녀가 눈을 들고 저를 보며 말했죠. "왜 그래?"

"아무것도 아니야……" 그제야 제가 그곳에 온 이유가 생각났습니다. "히렌 바부가 너 찾아."

그녀는 제 말을 못 들은 것처럼 계속 머리만 빗었어요.

"내 말 못 들은 거야? 히렌 바부가 찾는다고."

"그래서 뭐 어쨌다고? 그 사람이 찾으면 내가 쪼르르 달려가야 돼?"

"응……?"

그녀는 빗질을 멈추고 저를 보며 말했습니다. "얼마 안 남았네. 나 이제 곧 떠나."

제가 말했죠. "콜카타가 마음에 들 거야. 다카는 사람 살 곳이 못 돼."

"너희 모두 나를 기억해줄 거지, 비카시?"

저는 그녀를 빨리 데리고 가야 한다는 생각에 허둥거렸습니다. "이야기는 그만하고, 어서 가자."

"머리 빗고 있는 거 안 보여? 가서 지금은 못 간다고 전해."

저는 당황했지만, 모나리자가 금방 일어나는 바람에 그녀를 따라가며 말했죠. "그럼 히렌 바부는 어쩌고?"

히렌 바부는 이제 이야기하는 데 열의를 잃은 듯했습니다. 그는 창밖으로 모나리자가 의자에 멍하니 앉아 테이블보를 만지작거리는 모습만 지켜보았죠.

제가 졸랐습니다. "이야기, 마저 해주세요!"

"나중에요."

저는 침대에 앉아 영어로 된 책을 뒤적이다 말했습니다. "이 책 읽어봤는데. 진짜 재밌어요."

히렌 바부가 자리에서 벌떡 일어나며 말했습니다. "이 책도 아주 재밌어요. 빌려가서 집에서 읽어요. 난 잠깐 낮잠 좀 자야 할 것 같은데. 괜찮겠죠?"

저는 잠자코 천천히 밖으로 나왔습니다. 제 뒤로 문이 닫히는 걸 느낄 수 있었죠. 집으로 돌아가는 대신 베란다로 가 그녀가 앉아 있던 자리에 앉아보았습니다. 그녀의 머리카락 향이 남은 빗이 그대로 놓여 있더군요. 그 빗을 집어들고 손가락으로 빗살을 여러 번 쓰다듬어보았습니다.

하루만 더, 하루만 더. 그들의 출발은 자꾸 미뤄졌어요. 다시 하루가 지나고, 또 하루가 지나고, 어느 날 두 사람은 정말로 떠

났습니다.

이번에는 편지가 왔어요. 우리 셋에게 쓴 편지 한 통이, 두꺼운 파란색 봉투에 담겨 제 앞으로 왔죠. 모두를 대신해 제가 답장을 썼습니다. 좀 길어지더군요. 시도 한 편 썼지만 그건 보내지 않았어요. 머지않아 더는 편지를 보내지 않았습니다. 양쪽 모두요. 그때부터 저는 시만 썼죠.

그녀의 소식은 모두 데이 부인에게서 전해 들었어요. 잘 지낸다고 하더군요. 아주 잘 지낸다고요. 히렌이 차를 사서 아산솔로 여행도 갔던 모양입니다. 콜카타에선 발성영화를 볼 수 있었고, 토마토가 귀해졌죠. 겨울이 눈 깜짝할 사이에 지나가서 이제 아픈 사람도 없을 것 같았어요. 날씨가 좀더 따뜻해지는 대로 두 사람은 다르질링에 갈 예정이었고요.

저는 머릿속으로 한 번도 가본 적 없는 다르질링의 모습을 그려보았습니다. 그런데 어느 날 데이 부인이 그 환상을 싹 지워주었죠. "애들이 온다고 하네."

온다고! 여기, 다카에! 왜, 다르질링에서 무슨 일이 있었기에?

우리의 속마음을 들었는지 데이 부인이 말하더군요. "토루가 몸이 좀 안 좋아, 당분간 우리집에서 나랑 지내려고."

"또 아픈 겁니까?" 우리 셋은 깜짝 놀랐습니다.

"아픈 건 아니고, 그냥 좀 안 좋아. 그게 다예요." 데이 부인은 희미하게 웃었죠.

마음에 안 들었습니다. 부인의 말도 미소도 아주 마음에 안 들었어요. 몸이 안 좋은데 아픈 건 아니라니—도대체 무슨 일이 벌어지고 있었던 걸까요? 하지만 데이 부인은 담담했고 한편으로는 만족스러운 것 같았습니다. 그 소식을 전하며 기뻐하는 것 같았다고요. 우리는 정말 화가 났죠.

그녀가 도착한 지 한 시간도 되지 않아 우리 셋은 그 집으로 갔습니다. 모나리자는 소파에 등을 기대고 앉아 손에는 담뱃갑을 쥐고 있었어요. 우리는 서로를 돌아보았습니다. 히렌 바부가 속을 썩여서 그녀가 담배를 피우기 시작한 걸까요?

우리를 본 그녀는 희미하게 미소지었지만 아무 말도 하지 않았습니다.

"잘 지내, 모나리자?" 우리는 재회의 순간이 밝았으면 싶었습니다.

그녀는 담뱃갑을 얼굴 가까이 갖다대고는 입으로 뚜껑을 닫으며 말했습니다. "뭐……"

"몸이 안 좋아?"

모나리자는 대답 대신 그저 "궁금했지?"라고만 하고는 이런저런 이야기를 시작했습니다. 답뱃갑을 자주 입에 갖다대면서 말입니다.

히렌 바부가 들어와서 다급한 목소리로 말했습니다. "토루, 지금은 좀 어때?"

그녀는 피곤해 보이는 눈으로 대답했죠. "괜찮아요."

"잠깐이라도 눕지그래?"

"아니, 정말로 괜찮아요."

"아. 다들 왔군요. 여기 토루가……" 히렌 바부는 말을 하다 말았습니다.

"이 친구가 왜요?"

"아니, 그냥……"

그냥 뭐 어쨌다는 겁니까? 사람들에게 말도 할 수 없는 무시무시한 병에 걸리기라도 했던 걸까요? 게다가 예전의 그녀가 아닌 것 같았고, 이젠 웃고 싶어도 마음 놓고 큰 소리로 웃지도 못했어요. 어머니들이 늘 하시던 말씀에 따르면 여자는 결혼 후에 더 건강해진다는데, 우리 모나리자에게는 무슨 일이 생긴 걸까요?

데이 부인이 작은 접시를 들고 와 말했습니다. "이거 한번 먹어보자."

"이게 뭐예요, 엄마?"

"일단 한번 먹어봐, 괜찮은지 보자." 부인은 그렇게 말하며 접시에 담긴 걸 조금 집어 딸의 입에 넣었습니다.

"아니, 그만 됐어요." 그녀는 불편한 듯 인상을 쓰며 손을 목에 갖다대고 고개를 숙였습니다.

그 집에서 나온 우리는 풀이 죽어서 얼마간은 말없이 걷기만 했죠. 침묵을 깬 건 아시트였습니다. "그 담뱃갑에 침을 뱉은 거야."

"뭐?" 저는 깜짝 놀랐죠.

"정말이야, 내가 봤어!"

이유를 생각해봤습니다. "그럼 아픈 게 분명하네."

"그런 게 아냐." 아시트가 진지한 목소리로 말했습니다. "아기를 가진 거야."

히탕슈는 키득키득 웃었죠. 저는 화가 나서 물었습니다. "왜 웃는 거야? 뭐가 우습다고 그래?"

아시트가 말을 이었습니다. "그래서 데이 부인이 뭔가 그린망고가 섞인 걸 가져온 거야. 아기를 가지면 신 게 먹고 싶어지니까."

"모르는 게 없네." 제가 분노에 찬 목소리로 외쳤죠.

"너 도대체 왜 그래?" 아시트는 재미있다는 표정으로 저를 바라봤습니다.

"그냥 내버려둬. 다 마음에 안 들어. 나 집에 간다."

저는 친구들을 뒤로하고 집으로 갔습니다. 그리고 해질 무렵 시를 써보려고 자리에 앉았죠. 혼자 말이에요.

히렌 바부는 이틀 후에 돌아갔습니다. 오후 기차였죠. 짐을 먼저 싣고 본인도 마차에 오르기 전에 잠시 멈칫하더군요. "뭐 빠뜨린 거 있어요? 가서 챙겨올까요?" 제가 얼른 물었습니다.

"아, 제가 갖고 올게요."

그는 빠른 걸음으로 집안에 들어갔다가 나와서는 주변을 살피지도 않고 곧장 마차에 올랐습니다. 마부가 채찍을 휘두를 때 아시스트가 목을 길게 빼고 물었죠. "언제 다시 오세요?"

"곧 올 겁니다. 아내를 잘 부탁해요." 히렌 바부는 그렇게 말하고 고개를 돌렸습니다. 제 마음은 울고 있었답니다.

그날 오후는 얼마나 조용하고, 그림처럼 아름답던지요. 1928년의 그 3월의 오후, 그 팔탄 구시가가요. 점점 작아지던 마차는 길이 꺾이는 곳에서 모습을 감췄습니다. 우리도 집안으로 들어갔죠. 모나리자가 베개에 얼굴을 묻고 울고 있었습니다. 몸이 들썩거릴 정도로 서럽게 울었죠.

"모나리자!"

"저기, 우리 말 좀 들어봐."

"히렌 바부는 다시 올 거야……"

"다음번엔 아예 안 보낼게."

"그만. 그만 울어, 모나리자."

눈물은 멈추지 않았습니다. 저는 그녀 옆에 무릎을 꿇고 앉아 손을 그녀의 머리에 얹고 말했죠. "진정, 진정해, 모나리자." 그 말을 하는 저도 목소리가 갈라지고 눈에는 눈물이 고였습니다.

잠시 후 모나리자가 저를 밀어내며 말하더군요. "근데 네가 왜 우는 거야, 바보같이." 그녀는 제 머리채를 쥐고 흔들었습니다. "너는 남자잖아. 우는 게 창피하지도 않아? 당장 그쳐."

저는 고개를 들었습니다. 눈이 마주치는 순간 제 마음에 어떤 떨림이 느껴졌고, 그 흔적은 그날 내내 남아 있었죠. 심지어 잠자리에서도 잊을 수가 없었습니다.

우리 셋이서 그녀를 지켜주었습니다. 그녀가 잘 지낼 수 있도록, 우울하지 않고 행복하도록 말이에요. 뜬금없이 별난 음식을 먹고 싶다고 하면 아시트가 온 시내를 다 뒤져서 구해왔어요. 그렇게 구해와봤자 그녀는 보자마자 식욕이 떨어졌다고 할 걸 알고 있었지만, 그래도 그녀가 또 새로운 게 먹고 싶어지길 바랐습니다. 그리고 구해온 음식을 그녀가 먹고 좋아하기라도 하는 날엔, 달나라까지도 날아갈 수 있을 만큼 행복했죠.

히렌 바부는 석 달 후 다시 왔습니다. 그때쯤엔 토루의 몸도 많이 좋아졌죠. 잘 먹고, 외출도 하고, 보따리장수에게 새 옷도 사고, 전보다 활기차 보였어요. 히렌 바부는 열흘을 머무르다 갔고, 그다음엔 두르가 푸자 연휴 때 왔습니다.

이번에는 토루의 몸 상태가 다시 나빠졌어요. 의사가 수시로 찾아와 약도 처방했지만 우리가 들은 바를 종합해보면 아무런 효과가 없는 것 같았습니다. 그녀가 왜 아픈지 우리는 알지 못했고 이해할 수도 없었지만 증상만큼은 똑똑히 보였습니다. 눈 밑에 다크서클이 생기고, 말을 한두 마디만 해도 숨이 차 헐떡거리고, 가끔 얼굴이 파랗게 질릴 때도 있었죠. 우리는 늘 가까이 있다가 그녀가 누우면 부채질을 해주고, 상태가 좀 괜찮아 보인다 싶으면 어떻게든 즐겁게 해주려고 애썼지만, 잘 먹힌 적은 한 번도 없었어요.

하루는 제가 이런 이야기를 했어요. "바부르는 후마윤의 병을 대신 앓잖아.* 그런 걸 할 수 있다면 얼마나 좋을까."

아시트가 웃음을 터뜨렸습니다. "네가 다른 건 다 할 수 있다고 해도, 이 병은 대신 앓아줄 수 없어."

저는 얼굴을 붉히며 말했죠. "병 말고, 그냥 아픈 거 말이야."

히탕슈가 말했어요. "그래, 너무 힘들어하잖아. 밤새도록 서성거리더라고. 분명 잠이 안 오는 거야. 그냥 누워만 있어도 아픈 것 같던데."

아시트가 말했죠. "어쩔 수 없지. 요즘 꼴이 어떤지 봤잖아?"

제가 따지듯이 말했습니다. "꼴이 어떻다니? 내 눈엔 아름답기만 하던데. 아주 아름다워."

---

* 무굴제국을 세운 바부르 황제는 뒤를 이을 아들 후마윤이 병들자, 자신이 대신 죽을 테니 아들의 목숨은 살려달라고 기도했다.

"그녀가 아무리 아름답다고 해도, 요즘 며칠은……"

저는 언성을 높였어요. "요즘처럼 아름다운 때가 없었다고!"

제 목소리가 너무 날카로워서 두 친구는 놀란 모양이었습니다. 둘 다 아무 말이 없더군요.

하루하루 지날수록 제게는 그녀가 더 아름다워 보였어요. 그녀의 몸이 놀랄 만큼 아름다운 무언가를 품고 있는 것 같았죠. 하루는 도저히 참지 못하고 그녀에게도 이야기를 했습니다. 그 전해, 그녀의 가족이 란치에서 돌아오던 날, 기차의 그 비좁은 객실이 천국인 것 같던 그 시간, 바로 그때 보았던 햇살이 비쳐 드는 겨울날이었습니다. 그녀가 불쑥 입을 열었어요. "비카시, 너 요즘 나를 가만히 들여다볼 때가 많은 것 같아."

"요즘 네가 너무 아름다워서 그래. 그게 이유야."

"전에는 아니었어?"

"요즘 더 그렇다고."

모나리자는 얼굴을 찡그리며 창밖을 내다봤습니다. 그리고 말했죠. "너희는 정말 날 아끼는구나. 그렇지? 하지만 그런 눈빛으로 날 보지는 말아줘. 불편해…… 아, 밖에 햇빛 진짜 좋다!"

저는 일어나서 창문을 닫았습니다.

"나 낮잠 좀 잘게, 괜찮지?"

그녀의 발치에 개켜놓은 이불을 펴서 덮어주며 제가 말했죠.

"요즘은 좋아졌지, 안 그래?"

"그럼, 좋아졌지."

그녀의 얼굴에는 용기와 희망이, 희망과 두려움이, 두려움과 인내심이 마구 뒤섞여 있었습니다. 저는 발이 나오게 이불을 매만진 다음 말했어요.

"히렌 바부는 왜 그냥 간 거야?"

"일 때문에 어쩔 수 없어."

"언제 다시 온대?"

"때가 되면."

"왜 꼭 가야 하느냐는 거지, 내 말은. 계속 있으면 좋을 텐데."

"됐어, 그건 신경쓰지 마." 그렇게 말하고 그녀는 돌아누우며 눈을 감았습니다. 눈을 감은 채 "나 잘 거야"라고 말하고는 정말 금세 잠들어버렸어요. 불쌍한 친구, 밤에 잠을 잘 수 없으니 얼마나 피곤했을까요. 저는 기도를 드렸습니다. 딱히 누구에게였는지는 모르겠군요. 그냥 그녀의 일이 다 잘되게 해달라고 빌었죠. 그녀의 일이 다 잘되게 해달라고.

그날 밤 잠자리에서 저는 생각했습니다. 지금쯤 그녀는 아파하고 있겠구나. 자리에서 일어나 방안을 서성대고 있겠지. 바깥의 암흑 속에서 여우가 울부짖는 지금 아직 밤은 일고여덟 시간이나 남았는데. 왜 내가 해줄 수 있는 일이 없을까? 왜 당장 달려가 기적처럼 그녀를 잠들게 해줄 수 없을까? 고통을 지켜보면서 아무것도 해줄 수 없는 것, 그게 나라는 인간의 운명일까? 우리 모두는 손발이 묶인 채 속수무책인 존재들일까? 이런 생각을 하는 사이 잠은 달아나고 시구가 떠올랐습니다. 침대에서 일어나니 밖에는 초승달이 떠 있더군요. 타라 쿠티르도 마치 꿈속이나 기억 속의 모습처럼 희미하게 보였어요. 그 광경을 오래 지켜보지는 않았습니다. 얼른 등을 켜고 등유 냄새가 풍기는 가운데 모기에게 뜯겨가며 시를 썼죠.

매일 그런 식이었습니다. 저의 밤에서 잠이 달아나버렸죠. 저는 그녀와 함께 깨어 있었습니다. 그녀를 모든 슬픔으로부터 지켜주는 수호자였어요. 그렇게 나 자신이 마치 신이라도 된 것 같은 상상을 했고, 그러다보면 멋진 시구가 떠올라 스스로도 놀랐죠.

그러던 어느 밤이었습니다. 새벽 두시쯤 됐을까요, 글을 쓰는데 갑자기 손이 떨리는 거예요. 밖에서 누가 저를 부른 겁니다. "비카시, 비카……시!" 저는 기다렸습니다. 잠시 후 나지막이 부르는 그 소리가 또 들리더군요. 문을 열고 나가니 그림자처럼 보이는 두 친구가 서 있었습니다.

아직 달이 보이지 않았죠. 어쩌면 그날은 그믐 무렵이라 밤새 달이 뜨지 않았던 건지도 모르겠습니다. 하늘엔 별빛이 반짝였고, 우리 셋은 그 빛을 받으며 서 있었습니다. 겨울밤, 벌판에서,

뛰는 가슴을 주체하지 못한 채 말이에요.

"왜 그래, 아시트? 무슨 일이야, 히탕슈?"

"시작된 것 같아." 히탕슈가 말했습니다.

"시작됐다고?"

"아래층에서 사람들이 왔다갔다하면서 웅성거렸거든. 나지막이 신음소리도 들리고. 잠결에 들었는데 계속 누워 있을 수가 있어야지. 그래서 아시트를 불러 같이 온 거야. 너 안 자고 있었냐?"

저는 아무 말도 하지 않았습니다. 별빛을 받은 히탕슈의 얼굴은 창백했고 아시트는 고개를 돌려 먼 곳을 바라보고 있더군요. 그 시간엔 우리도 딴사람이 되었던 겁니다. 웃는 일도 농담하는 일도 없다시피 했고 말도 많이 나누지 않았습니다. 그동안 천 번도 넘게 했을 그녀 이야기는 아예 입에 올리지도 않았어요. 우리는 숨을 죽이고 있었습니다. 기대에 차 숨을 죽이고 있었죠.

떨고 있다는 것도 깨닫지 못한 채 무의식중에 걷다보니 어느새 정원으로 들어가는 작은 문을 열고 계단 앞에 서 있었습니다. 분명 우리는 아무 소리도 내지 않았고 말도 없었는데 마치 기다리고 있었던 듯 데이 씨가 횃불을 들고 밖으로 나왔죠. 그가 부드러운 목소리로 말했어요. "아시트, 자전거 타고 가서 무케르지 선생님 좀 모시고 올 수 있겠나?"

아시트는 그림자처럼 사라졌습니다. 히탕슈는 계단 위에 걸터

앉았죠. 끊임없이 이어지는 흐느낌이 우리 등에 꽂혀 심장으로 파고들었습니다. 들리는 건 온통 고통에 찬 소리뿐이었죠. 다른 것도 아닌 지구의 영혼에 누가 상처를 낸 것 같았습니다. 정말이지 지구의 심장에서부터 올라오는 듯한 그 흐느낌은 절대 그치지 않을 것 같았어요.

그녀의 모습은 멀리서 잠깐도 볼 수 없었습니다. 방에 들어가기는커녕 근처에도 갈 수 없었죠. 우리가 할 수 있는 일이라곤 그저 밖에 앉아 있는 것뿐이었어요. 추위 속에서, 어둠 속에서, 자는 것도 깨 있는 것도 아닌 상태로, 하늘 아래서, 운명과 마주해야 했죠.

의사가 들락날락하기 시작했습니다. 밤새도록 그런 상황이 이어지고 다음날도 마찬가지였어요. 날이 새자마자 히렌 바부에게 지급전보를 보냈죠. 전보가 아무리 빨리 도착한다고 해도, 히렌 바부의 마음만은 그보다 더 빨리 날아온다고 해도, 그가 다음 날 오전까지 도착할 수는 없을 것 같았습니다. 인간이란 얼마나 속수무책인 존재인지, 얼마나 무력한 존재인지요! 의사와 간호사, 산파, 수많은 약, 주사, 기도, 모두 도움이 되지 않았습니다. 그 모든 것에도 불구하고 인간은 무력했어요. 무슨 일이 일어나고 있는지, 무슨 일이 일어났는지, 또 무슨 일이 일어날지 누구의 눈빛에서도 답을 알아낼 수 없었죠. 의사의 얼굴은 돌처럼 딱

딱했고, 그녀의 부모님은 이런저런 부탁을 할 때를 제외하면 말이 없었습니다. 데이 부인은 심지어 우리와 눈도 못 마주쳤어요. 완벽해 보이던 데이 씨 안에 그렇게 나이든 노인의 모습이 숨어 있다는 걸 그동안 누가 눈치나 챘겠습니까? 그 파란 하늘 어딘가에 이렇게 많은 눈물이 숨어 있다는 건 또 누가 알 수 있었을까요? 우리가 할 수 있는 일은 정말 그 울음소리를 듣는 것뿐이었을까요?

그날은 정오가 되기도 전부터 오후가 시작되고, 오후가 다 가기도 전에 어둠이 찾아온 것 같았습니다. 그리고 평소보다 더 무겁게 내려앉은 그날 밤, 별안간 지구 깊은 곳에서 비명이 울렸죠. 지상으로 올라온 비명소리는 잠시 주춤했다가 다시 하늘을 향해 치솟았습니다. 하늘은 대답이 없었고, 별들도 꼼짝하지 않았어요. 또다시 비명이 울렸습니다. 신 앞에 제물로 바친 어린 양의 울부짖음 같은 비명이 두 번, 네 번, 열 번, 아니 끝도 없이 울렸죠. 우리는 밖으로 나가 달렸습니다. 하지만 아무리 빨리 달려도 비명은 우리를 따라왔죠. 지구의 울음소리를, 어떻게 피할 수 있겠습니까?

결국 다시 돌아갔습니다. 불이 켜진 집안에서 사람들이 부산하게 움직였고 간간이 의사의 말소리가 들렸습니다. 밖에는 끝없는 어둠 속에 수없는 별이 펼쳐져 있었죠. 찬란한 밤이었습니다. 그 와중에도 지구의 울음은 그칠 줄 몰랐어요.

머리 위의 별들은 서쪽으로 기울고 보이지 않던 별들이 지평선 위로 떠올랐습니다. 하늘이 동쪽에서부터 서서히 밝아오자 이제 작은 별들은 사라지고 대신 커다란 녹색 별 하나만 걸려 있었습니다. 그녀의 결혼식 날 잠에서 깨 밖으로 나와서 본 하늘, 그녀를 죽음으로부터 구해냈던 그날 새벽에 보았던 하늘, 천상에 있는 것 같았던 그때, 그 마법 같은 순간들에 보았던 그 하늘이었어요. 어둠의 바다에 홀로 떠 있는 불 밝힌 작은 배를 타던 그 순간. 적어도 그 밤, 그 순간만큼은 그녀가 제 차지였습니다. 그 순간이 다시 한번 우리에게 찾아올 수는 없었을까요?

아시트가 속삭였습니다. "뭐야, 끝난 거야?"

히탕슈가 말했죠. "아니야."

"하지만 다들 조용하잖아."

"그렇긴 하네!"

"한번 확인해볼까?" 아시트는 그렇게 말하며 일어섰지만 안으로 들어가지는 못했습니다. 오래, 아주 오래 기다렸지만 아무 소리도 들리지 않았죠. 온 세상이 침묵에 빠져 있었어요. 한참 후에야 데이 씨가 우리 앞에 나타났어요. 잿빛 새벽 공기 너머로 그의 입술이 움직이는 것이 보였습니다. 우리는 그 자리에서 굳은 듯이 그 입술을 바라보았습니다. 사위가 너무나 고요해서 그의 말이 보이는 것 같았습니다. 들은 게 아니라 본 것입니다.

"이제 들어오게."

아시트와 히탕슈가 모든 일을 했습니다. 이런저런 소품들부터 어디선가 꽃까지 잔뜩 구해왔고, 오후 두시까지 그녀 옆에서 부산하게 움직였어요. 그녀를 밖으로 내올 때도 둘이서 맨 앞에 섰습니다. 사람들이 많이 나서서 화장장까지 그녀를 옮겼지만 키가 작은 저는 낄 수 없었죠. 뒤에서 혼자 따라가고 있었습니다. 사실, 혼자는 아니었던 게, 그때는 히렌 바부가 도착했거든요. 그는 입고 왔던 옷을 갈아입지도 못한 채 맨발로 저와 나란히 걸었습니다.

다음해 히렌 바부는 재혼하고, 데이 씨는 전근을 갔습니다. 얼마간 사람들이 그 가족 이야기를 하기도 했지만 타라 쿠티르 1층에는 다른 가족이 이사를 왔죠. 팔탄 구시가에도 새집들이 더 많이 들어서고, 전기도 들어왔습니다. 아시트는 학교를 졸업하고 아삼의 틴수키아에 직장을 구했다가 육 개월 만에 풍토병에 걸려 갑자기 죽어버렸습니다. 히탕슈는 학사 학위를 받고 독일로 유학을 가서는 돌아오지 않았죠. 거기서 만난 여자와 결혼해서 자리를 잡았는데, 전쟁 후에 어떻게 됐는지는 아무도 모릅니다.

그리고 저로 말하자면, 저는 여전히 여기 있습니다. 다카도 아니고, 팔탄 구시가도 아니고, 1927년이나 1928년도 아니죠. 그 모든 일이 꿈처럼 느껴지는 지금, 잠깐씩 일을 하며 현실로 돌아올 뿐 저는 여전히 그 꿈속에서, 그 향기에 둘러싸여 있습니다. 그 흐린 아침, 그 흐린 오후, 그 비, 그날 밤. 그리고 당신! 모나리자, 당신을 기억하는 사람이 저 말고 누가 있습니까!

작가의 마지막 말이 세상과는 격리된 대합실에 떠다니는 듯했다. 그는 대답 없는 마지막 질문 앞에 말없이 앉아 있었다. 산만한 모습은 이제 간데없이 손을 무릎에 올린 채 꼿꼿이 앉아 무언가를 똑바로 바라보고 있었다. 시선이 어느 곳을 향하는지, 무엇을 찾고 있는지는 그 자신도 몰랐다. 이야기하는 내내 그는 혼잣말을 한 것이나 다름없었다. 그저 생각을 입 밖으로 냈다고나 할까. 자신이 어디 있는지, 주변에 사람들이 있는지 없는지 까맣게 잊은 듯 보였다. 이야기가 끝난 후에도 끝나지 않은 것 같아 그는 자신의 말을 몇 번이고 듣고 또 들었다. 마침내, 돌멩이를 던진 연못에서처럼 그의 말이 일으킨 파문도 서서히 사라졌다.

그는 주변을 둘러보았다. 툰들라 역의 대합실, 어쩐지 조금 어색하게 느껴지는 조명 아래 재떨이에는 담뱃재가 수북이 쌓여 있고 커피잔에는 꽁초가 둥둥 떠 있었다. 그는 이제 세 명의 동승객을 바라보았다.

세 명 모두 잠들었다. 안락의자에 앉은 건축가는 코트 겉으로 담요를 두른 채 낡은 시계처럼 코를 골고 있다. 의사는 탁자에 올려놓은 팔을 베고 잠들었다. 델리 남자는 앉은 자세 그대로 고개만 한쪽으로 떨어뜨린 채 자고 있다. 잠이 들어서도 위엄 있는 풍모는 그대로였다. 대합실 공기는 잠든 남자들이 내뿜는 숨과 밤새도록 피워댄 담배 연기 탓에 탁하고 묵직했다. 작가는 자신도 줄곧 담배 연기를 뿜어댔지만 그 지독한 냄새가 싫었다. 밖으로 나와 천천히 걸어보았다. 차가운 바람이 매섭게 불어와 처음엔 몸이 떨렸지만, 잠시 후 지척에서 수탉 한 마리가 그를 반기듯 큰 소리로 울었다. 하루의 시작을 알리는 전령, 빛이 비쳐들리라는 약속, 새벽이었다!

기쁨이 파도처럼 몰려왔다. 몇십 년 만에 느끼는 기쁨이었다. 다시 마주하는 그 위대함의 순간, 하늘은 여전히 한밤중이지만 공기는 분명 새벽인 그 경이로운 순간. 금방이라도 새벽의 여신이 지구의 문 앞에 나타나 어둠 속에 별만 빛나는 육중한 밤을 그토록 부드러운 손길로 가볍게 물리칠 것만 같은 순간이었다. 수정처럼 맑은 공기를 들이마시며 작가는 바로 그 새벽을 1927년 팔탄 구시가에서 한두 번 경험해본 적이 있다고 생각했다. 세상은 더 커지지 않고 모든 것이 그대로인데 우리 인간만이 시들고 스러진다니, 얼마나 이상한지.

그는 플랫폼을 서성였다. 이등석 대합실은 발이 묶인 승객들로 북적거렸다. 몇몇은 차를 파는 매점 벤치에 자리를 잡고 졸고 있지만 많은 사람이 플랫폼에서 짐을 옆에 둔 채 하릴없이 기다리고 있었다. 이들에게는 얼마나 끔찍한 밤이었을까. 그때 그 젊은 부부, 일등석 대합실 앞에 잠깐 서 있다 그대로 사라져버린 부부, 네 명의 중년 남자가 그 모든 이야기를 시작하게 만든 그 부부가 문득 떠올랐다. 그래, 모두 그 부부에 관한 이야기였다. 등장인물과 상황은 제각각이었지만 네 사람이 느끼는 감정은 모두 같았다. 그렇지 않은가? 그 젊은 부부는 어디 있을까?

플랫폼을 이리저리 서성거리던 작가는 우연히 그 부부를 보았다. 저울 옆, 포장용 상자 더미 뒤에서 두 사람은 자신들만의 피난처를 찾은 모양이었다. 적당한 자리였다. 상자 더미 덕분에 매서운 바람도 호기심에 차 힐끔거리는 사람들의 시선도 피할 수 있었을 것이다. 작가는 마음의 눈으로 그 광경을 잠시 그려보았다. 기차역이라는 공공장소에서도 그들은 사람들의 발길이 닿지 않는 은밀한 자리를 찾아내 둘만의 소박한 잠자리를 만들었다. 담요 한 장을 함께 덮고 잠든 그 시간이 얼마나 아늑했을까. 그 날 밤 화려한 궁전에서 잤다고 해도 그보다 더 큰 행복은 느끼지 못했을 것이다. 아직 날이 어스름해서 젊은 부부의 얼굴은 보이지 않았지만 작가는 알았다. 잠든 동안에도 두 사람은 서로의 존재를 잊지 않았다는 것을. 잠든 동안에도 두 사람은 서로가 곁에 있어 충만하다는 것을.

작가는 천천히 물러났다. 서서히 해가 뜨고, 사람들이 움직이기 시작했다. 이윽고 기차가 곧 도착한다는 소식도 전해졌다. 역 전체가 갑자기 활기를 띠기 시작했다.

건축가, 의사, 델리 남자도 각자 짐꾼에게 짐을 들리고 차례차례 나타났다. 새벽의 첫 햇빛을 받은 그들은 추레했고, 잠을 못 잔데다가 면도도 하지 못해서 전날보다 나이들어 보였다. 다시 만난 네 남자는 아무도 별다른 말이 없었다. 그저 "아, 여기 계셨군요"라는 말을 남기고 제 갈 길을 갈 뿐이었다. 지난밤 기묘한 친밀감에 싸여 같은 공간에서 함께 시간을 보낸 네 사람이지만 아침의 분주한 플랫폼에서는 서로에게 신경쓸 틈이 없었다. 기차가 도착하자 그들은, 아마도 일부러, 지난밤의 기억을 지우고 싶은 듯 서로 다른 칸으로 올라갔다. 오직 작가만이 혹시 젊은 부부를 다시 한번 볼 수 있지 않을까 희망을 품고 몇 번이나 창밖을 기웃거렸지만 그들이 어느 칸에 탔는지는 아무도 몰랐다. 아니면 부부는 그대로 툰들라에 남은 걸까? 사람들로 북적이는 플랫폼에서, 이제 젊은 부부의 모습은 보이지 않았다.